Amante
por venganza
Trish Morey

Bianca™

HARLEQUIN™

Editado por HARLEQUIN IBÉRICA, S.A.
Núñez de Balboa, 56
28001 Madrid

I.S.B.N.: 978-84-671-7159-4
Depósito legal: B-7286-2009
Editor responsable: Luis Pugni
Preimpresión y fotomecánica: M.T. Color & Diseño, S.L.
C/. Colquide, 6 portal 2 - 3º H. 28230 Las Rozas (Madrid)
Impresión y encuadernación: LITOGRAFÍA ROSÉS, S.A.
C/. Energía, 11. 08850 Gavá (Barcelona)
Fecha impresion para Argentina: 28.9.09
Distribuidor exclusivo para España: LOGISTA
Distribuidor para México: CODIPLYRSA
Distribuidores para Argentina: interior, BERTRAN, S.A.C. Vélez
Sársfield, 1950. Cap. Fed./ Buenos Aires y Gran Buenos Aires,
VACCARO SÁNCHEZ y Cía, S.A.
Distribuidor para Chile: DISTRIBUIDORA ALFA, S.A.

Capítulo 1

HACÍA una noche pésima, de acuerdo con el humor de Dante Carrazzo.

El limpiaparabrisas del BMW luchaba por mantener el ritmo de la cegadora lluvia al tiempo que los faros del coche trataban de abrirse paso a través de la niebla que ocultaba los árboles flanqueando la carretera de las colinas Adelaide Hills. Si había un hotel-boutique en la zona, parecía negarse a que nadie lo encontrase.

Lo que no le sorprendía, dados los planes que tenía para él.

El cansancio se había apoderado de él y le escocían los ojos, ocho horas al volante después de una dura jornada laboral luchando por firmar el trato con Quinn estaban empezando a hacer mella en él. Pero contuvo su debilidad igual que hacía con todo, obligándose a mantenerse alerta. A pesar del tiempo transcurrido, sabía que ésa era la carretera. El hotel tenía que estar ahí, escondido tras la niebla, en alguna parte...

Ya había pasado el pobremente iluminado desvío cuando se dio cuenta. Tras un juramento, giró el coche, retrocedió y tomó el sendero que llevaba a su destino.

Ashton House.

Por fin.

Envuelta en la niebla, la vieja mansión convertida en hotel-boutique tenía un aspecto casi siniestro: las ventanas oscuras, los viejos muros de piedra con un brillo casi sobrenatural bajo las luces exteriores.

Dante aparcó el coche, pensando que aquel lugar le odiaba tanto como él odiaba lo que representaba.

Sacó su bolsa del maletero, se acercó a la arqueada entrada y pulsó el timbre. Esperó exactamente diez segundos antes de volver a llamar.

–Tengo una reserva –dijo pasando por delante del recepcionista de noche hasta adentrarse en el vestíbulo.

Oyó cerrarse la enorme puerta de madera a sus espaldas.

–Voy a mirar, señor –dijo el recepcionista acercándose al mostrador de madera de la recepción–. Aunque me temo que no tenemos habitación libre esta noche.

Dante traspasó al hombre con la mirada.

–Espero que lo que dice no signifique que han alquilado mi habitación.

El recepcionista frunció el ceño mientras, nervioso, miraba la pantalla del ordenador.

–¿Cómo ha dicho que se llama, señor?

–No lo he dicho todavía. Me llamo Carrazzo, Dante Carrazzo.

–¡Ah! –el recepcionista se enderezó al instante.

Dante captó el olor del miedo en él. No le sorprendió. Todos los empleados del hotel debían de estar preguntándose qué planes tenía respecto a ellos ahora que Ashton House le pertenecía.

Se permitió una irónica sonrisa. Dada su reputación, era lógico que estuvieran preocupados.

–No... no le esperábamos esta noche ya que todos los aeropuertos de Melbourne están cerrados.

–¿Tiene o no una habitación para mí? –los ojos seguían escociéndole y le ardía el estómago. Después de las últimas veinticuatro horas, lo que necesitaba era dormir, no discutir sobre su viaje.

–Perdone, señor. Sí, claro que sí –el recepcionista le pasó un bolígrafo para que firmara el libro de reservas antes de agarrar la llave de la habitación–. Su suite está reservada. Lo que pasa es que no le esperábamos hasta mañana.

–Según mi reloj, ya es mañana –respondió Dante con voz suave y modulada, pero expresión gélida–. Dígame, ¿a qué hora va a venir el mánager?

–Mac... Mackenzy empieza a trabajar a las siete.

–Bien –dijo Dante mientras firmaba–. Dígale a Mackenzy que se reúna conmigo a las nueve en el restaurante. Y ahora, dígame dónde está mi suite.

El recepcionista le indicó el camino después de que Dante le convenciera de que era perfectamente capaz de llevar su propio equipaje. Pero apenas había dado unos pasos cuando el recepcionista le llamó.

Impaciente, Dante volvió la cabeza.

–¿Qué quiere?

–Se me había olvidado decirle, señor Carrazzo, que los empleados le teníamos preparado un recibimiento especial. Lo encontrará en su suite. Y, por favor, llámeme para cualquier cosa que necesite.

–No se preocupe, lo haré –respondió Dante casi a modo de amenaza.

Dante continuó el camino, pasando por la sala de los billares hacia el corredor que conducía al ala del edificio en el que se encontraba la suite presidencial, que ocupaba la mitad del ala. Si los empleados creían que algo tan insignificante como un regalo de bienvenida iba a hacerle cambiar de idea respecto a sus intenciones para ese lugar iban a sufrir una gran decepción.

El cansancio menguaba su sensación de triunfo después de enterarse de que Ashton House era suya. Se detuvo delante de la puerta de hoja doble de madera maciza, su suite, la suite de Jonas y Sara Douglas diecisiete años atrás.

Diecisiete años había tardado en llegar allí.

Ahora, tras esos diecisiete años, la última propiedad, la joya de la corona de Douglas Property Group, era suya al fin. Se merecía celebrarlo.

Tras abrir la puerta, se encontró en un escasamente iluminado pasillo; en ese momento, el ruido de la lluvia era casi ensordecedor. El dormitorio estaba a la izquierda, si la memoria no le fallaba, por lo que giró hacia la derecha, donde recordaba que había un cuarto de estar y, una vez ahí, encendió la luz. Dejó la bolsa en el suelo y abrió un mueble de madera. ¡Justo! Vació dos diminutas botellas en un vaso y bebió el whisky. Lanzó un suspiro de placer.

Al cabo de unos segundos, se quitó la chaqueta, se desabrochó las mangas de la camisa y recorrió la estancia. Le sorprendió que no hiciera frío en la suite a pesar de las dos puertas de cristal de doble hoja en dos de las paredes por las que sólo se veía oscuridad. En otra de las paredes había una puerta que, según recordaba, daba a un cuarto de baño, que a su vez daba al dormitorio... y a una cama.

¿Podría dormir en el antiguo dormitorio de Sara y Jonas?

¡Sí, claro que sí! La venganza tenía un sabor dulce.

Cuando acabó en el cuarto de baño, después de quitarse la ropa y dejarla ahí, fue al dormitorio completamente desnudo.

Y allí la encontró.

Capítulo 2

LA PIEL de sus delgados hombros, iluminada por la luz del cuarto de baño, brillaba, igual que las cobrizas ondas de su cabello. Aunque tenía el rostro vuelto, ni las sombras podían ocultar la fina línea de la mandíbula ni las largas pestañas ni la prominencia de los pómulos.

Todo un regalo de bienvenida, pensó Dante con súbita excitación mientras se acercaba a la cama.

Desde luego, no se podía negar la creatividad de los empleados del hotel.

Por supuesto, no estaba interesado. Nadie decidía con quién se acostaba Dante Carrazzo. Y ninguna prostituta iba a hacerle cambiar de idea respecto a los planes que tenía para ese lugar. Esa mujer iba a tener que buscarse otra cama. No le costaría mucho, debido a sus evidentes atributos.

Estaba a punto de despertarla cuando se miró a sí mismo y... lanzó un juramento en voz queda. En ese estado no iba a convencerla de que no necesitaba sus servicios.

Después de ponerse una bata del hotel que encontró en el armario, volvió a acercarse a la cama e iba a despertar a la mujer cuando unos truenos sacudieron la habitación y, a los pocos segundos, unos relámpagos la iluminaron. La mujer se movió y murmuró, pero no se despertó.

Dante contuvo la respiración mientras sus ojos contemplaban la muy mejorada vista. La mujer tenía unos labios marcados y llenos, pero fueron sus cremosos pechos los que le contuvieron.

Dante se sintió poseído por un extremo deseo carnal que le hizo lanzar un gruñido. No iba a cambiar de idea respecto al hotel, pero se merecía una fiesta. ¿Y qué mejor lugar para celebrar su triunfo que la habitación en la que Jonas y Sara habían dormido la noche antes de sonreírle como animales de presa y confesarle la verdad?

Un profundo dolor acompañó el recuerdo y la bilis le subió a la garganta, como si hubiera ocurrido ayer y no tantos años atrás.

¡Malditos! Iba a enterrar su recuerdo, su legado... igual que él iba a hacerlo en esa mujer.

Después, la echaría de allí.

Dante volvió al cuarto de baño, localizó lo que necesitaba y se quitó la bata. Ahora sólo le quedaba por descubrir cuánto iba a costarle excitar a esa mujer; cuanto más difícil fuese, mejor.

Esa noche era todo venganza.

La mujer estaba tumbada bocarriba con el rostro ladeado, los brazos abiertos y sus perfectos pechos expuestos. Dante la contempló unos momentos. Aquel rostro era casi angelical y su cuerpo se asemejaba al de una sirena.

Respiró profundamente movido por la necesidad de regular la cantidad de sangre concentrada en su entrepierna.

La mujer apenas se movió cuando él le retiró un mechón de pelo del rostro. Incapaz de resistir seguir tocándola, deslizó la yema de un dedo por la mejilla de ella y se vio recompensado con un suspiro.

Dante le acarició los labios y sintió en la piel el cálido aliento de ella. Entonces, se animó al oír escapar de aquellos labios un murmullo de placer.

Bajó la cabeza, embriagado por el cálido y femenino aroma de ella, y la besó suave y brevemente. Ella volvió a suspirar y cambió de postura hasta quedar tumbada de costado. Volvió a acariciarle los labios con los suyos y los encontró cálidos y voluntariosos. Ella movió la boca bajo la de él, a pesar de estar dormida, invitándole a continuar.

Dante se permitió sonreír mientras le ponía una mano en el hombro, notando con placer el contraste entre los tonos de piel, y volvió a besarla.

Aunque no se había despertado, la mujer le devolvió el beso. Y él le acarició el contorno de los labios con la lengua. Ella tembló.

—Oh... sí... —susurró ella con un suspiro junto a la boca de él.

La respiración de la mujer se estaba acelerando y Dante levantó la cabeza, sorprendido por el golpe de excitación que acababa de sentir, medio esperando que ella se despertara porque estaba seguro de que esa mujer había sentido lo mismo. Estaba seguro de que ella estaba teniendo un sueño sexual, soñando a un amante que la visitaba en medio de la noche y convertía sus sueños en realidad.

Dante lanzó un gruñido y sonrió. Pronto, ella abriría los ojos y descubriría que él era real. ¿De qué color tenía los ojos?, se preguntó mientras recorría la garganta de ella con los dedos. Castaños, decidió. Tenían que ser castaños, pensó mientras bajaba una mano hacia esos senos.

Ella, aún dormida, gimió y arqueó la espalda, haciendo que la ropa de cama le bajara algo más por el cuerpo, exhibiendo el inicio de la cintura. Su piel era como la miel y brillaba bajo la suave luz, y a él se le secó la garganta.

Las pulsaciones de su entrepierna se hicieron más insistentes. La bestia estaba despierta, anhelante y hambrienta. En ese momento, ella murmuró algo, un nombre...

¿Richard?

De repente, aquel pequeño juego perdió su atractivo. Por una parte, quería seguir explorando las curvas de la mujer, saborear el secreto placer despacio mientras esperaba a que ella se despertara; por otra parte, su cuerpo le pedía a gritos alivio sexual inmediato. Pero no deseaba en absoluto hacer el amor con ella pensando que estaba con otro hombre. Quería que se despertara. Quería que supiera quién le estaba haciendo el amor y quería borrar la imagen del tal Richard de su memoria.

—Vamos, es hora de que te despiertes —dijo Dante antes de bajar la boca hacia un pezón perfecto.

El sueño se repetía. Su amante nocturno estaba allí otra vez, el amante que, en vez de hablarle con palabras, lo hacía con la dulce caricia de sus labios, haciéndola sentirse deseada.

Y esa noche parecía más persuasivo, más convincente y más real que nunca.

Pero era un sueño, como siempre, y Mackenzie conocía las reglas del juego. Sabía que, si abría los ojos, su amante se desvanecería y todo se habría acabado. Y esa noche era especial, se sentía más mujer que nunca, y quería creer lo que él le estaba diciendo.

Sintió sus dedos acariciándole el cabello y el rostro. Sintió los labios de él sobre los suyos e incluso imaginó que podía sentir su cálido aliento en el rostro.

Era tan real...

¿Podía ser esa noche «la noche»? ¿O acaso el amante de sus sueños desaparecería una vez más antes del amanecer dejándola bañada en sudor e insatisfecha, dudando más que nunca de sí misma?

Y, peor aún, creyendo que lo que Richard le había dicho era verdad, que ella no era una buena amante. Que era frígida.

Entonces, Mackenzie se sumió en un mar de sensaciones y placeres paganos, preguntándose por qué su misterioso amante era el único que parecía poder desencadenar en ella semejante pasión. El deseo la consumía mientras los labios de él se movían sobre los suyos. Tembló bajo aquellas caricias, imaginando que podía saborearle, deseando que sus caricias bajaran hasta donde su deseo se convertía en un desesperado anhelo.

¿Por qué Richard nunca había logrado provocarle una respuesta similar a la del amante de sus sueños? ¿Era culpa de ella, como Richard había dicho?

Entonces, dejó de importarle todo. Lo único que tenía importancia era disfrutar aquello durante el tiempo que durase.

Una voz interrumpió sus pensamientos. Una voz pronunciando unas palabras que no entendía. Después, silencio... mientras gemía al sentir una lengua chupándole un pezón, inflamándola. Y se extrañó de algo: el amante de sus sueños jamás antes había pronunciado palabra alguna.

Un súbito temor se apoderó de ella mientras salía de su estupor. Y al abrir los ojos...

¡No era un sueño! Ese hombre, y lo que le estaba haciendo, era real.

Mackenzie gritó y, presa del pánico, se apartó de él mientras agarraba las ropas de la cama para cubrirse.

–Buenos días, preciosa. Estaba empezando a pensar que no ibas a despertarte nunca –dijo él con voz suave al tiempo que un relámpago iluminaba la habitación y el rostro del amante de sus sueños.

Un escalofrío le recorrió el cuerpo al reconocer ese semblante...

¡Dante!

El hombre que tenía en sus manos el destino del hotel. El hombre contra el que iba a luchar con uñas y dientes para evitar que destruyera esa propiedad y dejara a todos los empleados en la calle.

No había sido un sueño. Era una pesadilla.

En la penumbra, Dante pareció esbozar una sonrisa llena de pecaminoso significado, y ella se estremeció. Y cuando estiró el brazo y le acarició el rostro, ella tuvo que hacer un esfuerzo para no inclinarse hacia ese hombre.

–Jamás lo habría imaginado –dijo Dante crípticamente antes de alargar una mano hacia la mesilla de noche para agarrar algo.

Mackenzi aprovechó la oportunidad para retroceder al tiempo que agarraba con fuerza las sábanas para cubrirse unos pechos que aún le hormigueaban tras las caricias de la lengua de ese hombre. Cerró los ojos. «Dios mío, ha sido la lengua de Dante Carrazzo!».

–Tengo... tengo que irme –balbuceó Mackenzi.

Entonces oyó la rasgadura de un sobre y vio a Dante volverse con algo en las manos y, de repente, descubrió que su visitante nocturno estaba completamente desnudo, igual que ella.

Al bajar la mirada, tragó saliva y siguió mirando con fascinación mientras él se ponía el preservativo. A pesar de que no había ninguna luz encendida, ni siquiera las sombras podían ocultar las dimensiones de lo que Dante acababa de enfundar. ¿Qué sentiría con eso dentro de su cuerpo?, se preguntó ella con la garganta seca y la entrepierna húmeda.

Y, de repente e inexplicablemente, lo que más deseaba en el mundo en aquellos momentos era descubrirlo.

—No quieres marcharte ahora —le aseguró él, aprovechándose de su confusión al tiempo que la rodeaba con los brazos—. Sobre todo, teniendo en cuenta que lo mejor está por venir.

Aunque hubiera querido irse, no habría podido moverse. Su cuerpo parecía haber cobrado vida propia; sobre todo, cuando él bajó la cabeza hacia sus senos y atacó uno de los pezones.

Mackenzi jadeó, entregándose por completo a la tentación.

«Por fin vas a sentir lo que Richard te había dicho que eras incapaz de sentir. ¿Qué peligro puede haber en ello? Estamos a oscuras y él se va a dormir en cuanto acabemos. Jamás se enterará de quién eres», se dijo Mackenzi a sí misma.

«Él nunca sabrá que eres tú».

Tenía que creerlo porque había llegado a un punto en el que no había vuelta atrás.

Dante le acarició el costado, la curva de la cadera y el lateral de la pierna, haciéndola temblar. Después, subió la mano hacia su rodilla y comenzó a acariciarle el interior de la pierna. Ella reposó la cabeza en la cama y, cuando la mano de Dante se detuvo en el rizado vello, ella no podía creer lo que sintió. Entonces, Dante la hizo separar las piernas y, al tocarle el centro del placer, la hizo sentir como una corriente eléctrica que la dejó perpleja.

—Por favor... —dijo ella, instándole a que continuara.

La ardiente boca de él se aproximó a su garganta, mordisqueándola, y a ella no le sorprendió abrirse más de piernas mientras él se colocaba.

Sabía que después se arrepentiría de lo que estaba ocurriendo, pero... ¿qué alternativa tenía cuando sentía lo que sentía? ¿Cómo podía luchar contra ese deseo?

Era como si el amante de sus sueños hubiera cobrado vida. Era como si su deseo de experimentar el placer sexual se hubiera convertido en realidad.

Cuando Dante se colocó sobre su entrada, todo su ser se concentró en ese punto. Alargó las manos hacia él y acarició aquella irresistible piel, confirmando la firmeza de aquellos músculos.

Dante lanzó un gruñido junto a su garganta y, entonces, la penetró. Así que eso era lo que se sentía, pensó ella con todas las terminaciones nerviosas del cuerpo a flor de piel.

Dante salió de su cuerpo y Mackenzi quiso gritar debido a la sensación de pérdida; pero él volvió a penetrarla con otro empellón, profundizando. Le aceptó con ardor mientras sentía una deliciosa presión aumentando en su cuerpo con cada empellón.

Mackenzi quiso gritar por todo lo que sentía, cosas que jamás había imaginado podían sentirse. Movió la cabeza de un lado a otro mientras él continuaba su asalto, dejándola jadeante y sin control.

El ritmo de los movimientos de Dante se tornó frenético, al igual que la pasión en ella. Dante bajó la cabeza y se apoderó de uno de sus pezones con la boca, chupándolo, produciendo lo que a ella se le antojó asemejar a corrientes eléctricas, haciéndola arquear la espalda en una mezcla de placer insoportable y dolor exquisito.

Mackenzi estalló con la fuerza de un cohete, explotó en una cantidad infinita de estrellas que brillaban y se mecían al viento mientras caían sobre la tierra.

Dante la siguió, acompañando su clímax con un gruñido de victoria antes de dejarse caer sobre la cama junto a ella.

Mackenzi se subió la sábana para cubrirse y permaneció tumbada, jadeante, con los ojos fijos en el techo... incrédula. No podía creer que una persona tan fría como le habían dicho que ella era pudiera ser consumida por la pasión de esa manera y con un desconocido.

De repente, sintió miedo. Ahora que se sentía

satisfecha, ahora que se había entregado por completo al placer, no tenía dónde esconderse.

¿Qué demonios había hecho?

Cerró los ojos con fuerza y se cubrió la boca con una mano para evitar gritar de miedo. ¿En qué había estado pensando? ¿Cómo había podido permitir que alguien como ese hombre le hubiera hecho eso?

«Jamás sabrá que eres tú», se dijo Mackenzi a sí misma una y otra vez. Dante Carrazzo no podría reconocerla porque, de lo contrario, su causa estaba destinada al fracaso.

Mackenzi sintió el cambio en la respiración de él. Al volver la cabeza, vio en el reloj de la mesilla de noche que pasaban de las tres de la madrugada. Esperó unos momentos más y, tras asegurarse de que él se había quedado dormido, se levantó de la cama, agarró su ropa, que había dejado en un sillón, y salió a toda prisa de la habitación... Negándose a pensar en lo maravilloso que había sido sentir la boca de él en su piel.

¡No, se negaba a pensar en ello!

Capítulo 3

EL YA estaba esperándola, sentado en un rincón apartado en el concurrido comedor del restaurante, con expresión sobria y una mandíbula que parecía acostumbrada a estar siempre tensa. A pesar de ello, era la clase de hombre que atraía a las mujeres. Sus marcados y angulosos rasgos no poseían una belleza clásica, sino una belleza que sólo podía describir como... intensa. Atrayente. Peligrosa.

Con sólo mirarle, Mackenzi sintió sus músculos internos ponerse tensos al recordar la noche anterior. Dante Carrazzo era el hombre más atractivo que había en el restaurante, el poder emanaba de él.

Mackenzi trató de ignorar el recuerdo de la noche anterior y se alisó la falda mientras se decía a sí misma una vez más que él no la reconocería ahora que estaba vestida. Además, con el cabello recogido y las gafas, estaba segura de tener un aspecto radicalmente diferente. A lo que había que añadir que la habitación había estado a oscuras y a él lo único que le había importado era satisfacer sus necesidades sexuales.

¿Y qué clase de hombre se lanzaba al ataque de una mujer creyéndose con derecho a tener relaciones sexuales con ella? Reconocía que había estado durmiendo en la cama de él, pero no le esperaban esa noche y ella no recordaba tener un tatuaje en la frente que dijera «tómame a tu antojo».

Tras respirar profundamente, se armó de valor y se acercó a la mesa.

—Buenos días, señor Carrazzo.

Él subió los ojos en su dirección y luego se miró el reloj antes de volver de nuevo su atención al periódico que estaba leyendo.

—Ya he pedido el desayuno.

—Y también ha pedido que me reuniera aquí con usted a esta hora —dijo ella, intentando que la voz no le temblara, al tiempo que le ofrecía la mano—. Soy Mackenzi Keogh.

Esta vez, él se la quedó mirando fijamente y Mackenzi sintió enrojecer sus mejillas.

—¿Usted es Mackenzi? —preguntó él sin estrecharle la mano.

—Así es.

—Es una mujer.

Mackenzi arqueó las cejas, conteniendo las ganas de decirle que eso lo sabía desde hacía mucho tiempo. Sin embargo, bajó la mano, y contestó:

—Así es. Al menos, siempre he creído que lo era —y Mackenzi se sentó en la silla opuesta a la de él.

Dante lanzó un bufido mientras la camarera aparecía y le servía a ella un café antes de volver a lle-

narle la taza a Dante. Él continuó observándola
mientras ella se entretenía en colocarse la servilleta en el regazo con el fin de evitar esa mirada y
rechazaba la invitación a desayunar. No podía pro-
bar bocado, pero el café le daría fuerzas.

–¿Qué clase de nombre es Mackenzi para una
mujer?

–Mi nombre, señor Carrazzo –respondió Mackenzi, atreviéndose a mirarle. Si Dante no la había
reconocido todavía, quizá no lo hiciera. Al fin y al
cabo, a penas se habían mirado la noche anterior–.
En fin, supongo que no quiere verme para hablar de
por qué mis padres eligieron este nombre para mí.

A Dante no había muchas cosas que le sorpren-
dieran; al menos, ya no. Pero Ashton House estaba
demostrando ser una caja de sorpresas. En primer
lugar, había sido la mujer que le dio la bienvenida
en su cama. En segundo lugar, la ausencia de esa
mujer al despertar...

Y ahora, otra sorpresa: la mánager del hotel era
una mujer con nombre de hombre y una actitud
mezcla de hostilidad y nerviosismo. Había esperado que su actitud fuese hostil, estaba acostumbrado a ello; sin embargo, ella se había ruborizado
y, cuando él la había mirado, la tal Mackenzi había
bajado los ojos y se había puesto a manosear la
servilleta como una adolescente en su primera cita.

En cualquier caso, era normal que le tuviera
miedo; por supuesto, se daba cuenta de la vulnera-
bilidad de su posición.

Dante bebió un sorbo de café mientras trataba de dilucidar qué era lo que le resultaba tan extraño. Quizá fuera el nerviosismo que notaba en ella cuando la miraba, pero... ¿por qué?

Además, Mackenzi debía de estar acostumbrada a que los hombres la mirasen. A pesar del severo atuendo, tenía unos rasgos agradables; quizá tuviera la nariz algo torcida, pero debajo de la camisa se adivinaban unas prometedoras curvas.

De repente, la oyó aclararse la garganta antes de decir:

—Señor Carrazzo, me he tomado la libertad de organizar una reunión con el resto de los empleados a las diez y media para que usted nos diga qué planes tiene respecto a Ashton House. Pero, hasta ese momento y si no le importa, ¿le molestaría que le resumiese la situación de los empleados y lo que les preocupa?

Él asintió, aunque estaba más interesado en esa mujer que en los problemas de los empleados.

—Ashton House es el mejor hotel de Adelaide Hills —comenzó a decir ella—. Es un hotel-boutique cuyo comienzo se remonta a mediados del siglo XIX. El hotel cuenta con cincuenta empleados, y todos sin excepción están preocupados por la posibilidad de perder sus puestos de trabajo; sobre todo, teniendo en cuenta que usted ha cerrado, por lo menos, la mitad de las otras propiedades que ha adquirido durante los dos últimos años. Como es de suponer, los empleados del hotel están nerviosos.

Les gustaría saber que sus puestos de trabajo están seguros y que Ashton House continuará funcionando como un hotel-boutique.

–¿Hay alguna razón en particular por la que debería conservarlo?

Mackenzi parpadeó.

–Porque vale la pena conservar este hotel. Ningún otro en Adelaide Hills, ni siquiera en toda Adelaide, se le parece.

–¿Por qué? –preguntó él, ya aburrido con la conversación–. ¿Qué hace que la gente venga aquí?

–Para empezar, la belleza del lugar –respondió ella–. Las vistas...

Dante volvió la cabeza hacia los ventanales por los que sólo se veía un manto blanco.

–Ah, sí, claro, las vistas –dijo él en tono burlón.

Ella se recostó en el respaldo del asiento y Dante sonrió.

–Señor Carrazzo, espero no molestarle, pero, en mi opinión, los empleados de este establecimiento tienen derecho a saber si van a conservar sus puestos de trabajo o no. Ahora que usted ha tomado posesión de Ashton House, tienen derecho a saber cuáles son sus planes al respecto.

En ese momento, una camarera se acercó a la mesa con el desayuno y Dante notó su nerviosismo por la forma como le miró y le sirvió.

–Soy el propietario de Ashton House –dijo Dante después de que la camarera se retirase–. Puedo hacer lo que me plazca con este lugar.

–¿Igual que ha hecho con las otras propiedades que ha adquirido?

–Esas propiedades no son asunto suyo.

–¡Pero sí lo es lo que ha hecho usted con ellas! Ha destruido tres negocios que funcionaban bien, ha vaciado tres hoteles y los ha convertido en edificios de apartamentos. ¿Y por qué?

«Por venganza», pensó Dante. «Y la venganza tiene un sabor muy dulce». Pero no esperaba que nadie le comprendiera. Nadie podría hacerlo.

–A eso se le llama progreso –respondió Dante en tono casual–. El mundo continúa girando.

–¿Y es ésa la clase de progreso que tiene pensado para Ashton House? ¿Va a convertir también esta propiedad en un edificio de apartamentos?

Dante dejó el tenedor y el cuchillo en el plato antes de beber otro sorbo de café mientras observaba a esa mujer por encima del borde de la taza. Ella había vuelto a ruborizarse, su pecho moviéndose al ritmo de su agitada respiración... Y él tuvo la impresión de que se le estaba escapando algo.

En cualquier caso, no había esperado un ataque tan apasionado de una persona que, al principio, le había parecido tan tímida y nerviosa.

–No –respondió él–. El ayuntamiento de aquí no me lo permitiría.

–¡Lo que significa que estaba en sus planes!

Fue una acusación, no una pregunta. Pero él no había ido allí para ganar amigos y no le importaba lo que nadie pudiera pensar. Era demasiado tarde para eso.

–La verdad es que tengo otros planes para Ashton House.

–¿Qué planes? –preguntó ella empequeñeciendo los ojos–. ¿Va a mantener el hotel?

A pesar de la cautela con que había hecho la pregunta, Dante se daba cuenta de que la esperanza de la mujer había despertado y eso le provocó una sonrisa de satisfacción.

–Voy a destruir este lugar –declaró Dante–. Voy a destruir todas y cada una de las ventanas, las puertas... todo. No voy a dejar nada en pie.

Mackenzi no podía dar crédito a lo que acababa de oír. Sin comprender, preguntó con apenas un hilo de voz:

–¿Por qué?

Mackenzi sacudió la cabeza con incredulidad. Los ojos de ese hombre se veían fríos y carentes de vida, asustaban.

–Porque puedo.

Ahora ya no le extrañaba el disgusto de los antiguos propietarios de Ashton House cuando ese hombre adquirió la propiedad. Pobres Sara y Jonas; habían tratado, por todos los medios, de defenderse contra Dante Carrazzo, que poco a poco había adquirido todos y cada uno de sus bienes.

La perplejidad dio paso a la cólera.

–Ésa no es razón para derrumbar un edificio tan bonito y destruir un negocio. ¿Qué van a hacer los empleados?

Él se encogió de hombros.

–Buscar otro trabajo, supongo.

–¿Así, sin más?

–Si son buenos profesionales, como deberían ser y como usted dice que son, no les supondrá ningún problema.

Cada vez más encolerizada, Mackenzi no estaba dispuesta a permitirle que destrozara aquel hermoso edificio sin decirle lo que pensaba de ello. Tenía que haber una forma de salvar el hotel de los planes de aquel loco. Pero necesitaba tiempo.

–Dígame, ¿cuándo tiene pensado llevar a cabo sus planes? –le preguntó ella–. Dado que tenemos reservas durante los próximos doce meses, ¿diría que el hotel seguirá funcionando un año? ¿Un año y medio? ¿Cuánto tiempo tendrán los empleados para buscarse otro trabajo?

El sacudió la cabeza.

–No.

–¿Qué quiere decir con «no»?

–Quiero decir que no tiene sentido decir a los empleados que disponen de doce meses para buscarse otro trabajo cuando, en realidad, estarán todos fuera dentro de seis meses. Es mejor dejar las cosas claras desde el principio.

–Entonces... ¿cuánto tiempo tienen?

–El hotel va a cerrarse al cabo de tres meses.

–¿Qué? Eso es imposible. No hay forma de...

–Señorita Keogh, si he aprendido algo en el mundo de los negocios es que nada es imposible. Este hotel va a cerrarse. Punto.

–Pero... no puedo permitirle que haga eso.

Dante se echó a reír.

–¿Y se puede saber cómo va a impedírmelo?

–Convenciéndole de que esta propiedad es rentable. He preparado informes y proyecciones...

–Usted misma ha dicho que la gente viene aquí por las vistas –él indicó con un gesto la ventana por la que se veía el campo envuelto en niebla–. No creo que nadie vaya a perder gran cosa cuando este hotel se cierre, ¿no le parece?

Mackenzi, iracunda, cerró las manos en dos puños.

–Es invierno, señor Carrazzo. Y, en invierno, tenemos niebla frecuentemente. No todos los días, sólo ocasionalmente. Y resulta que hoy es uno de esos días.

–Tres meses. Nada más.

Mackenzi no pudo contener la cólera por más tiempo.

–¡Está loco! ¿Y qué hay de las reservas? Tenemos bodas y conferencias reservadas y la gente ha pagado depósitos. No puede cancelarlos.

–Se cancelarán. Y, por supuesto, se pagarán compensaciones si es necesario. Como mánager, usted se encargará de eso.

Mackenzi lanzó un bufido.

–No, no voy a hacerlo.

–¿Se niega a realizar su trabajo, señorita Keogh? De ser así, podría organizar que alguien la sustituya inmediatamente. ¿Qué le parece hoy mismo?

Mackenzi jadeó cuando la dura realidad de que podía salir de allí ese día sin trabajo la golpeó. Era más afortunada que la mayoría de los empleados, ya que casi había pagado la hipoteca de la pequeña casa de campo en las colinas debido a que vivía sola y tenía un salario decente; no obstante, ¿cuánto tiempo podía durar con una compensación por despido?

Por otra parte, si dejaba el trabajo ese mismo día, las posibilidades de que ese hombre descubriera su identidad eran nulas.

–Dicho así, no me deja alternativa –declaró ella con voz fría tras tomar una decisión–. Me marcharé. Hoy mismo.

Le había pillado. Mackenzi lo vio en su mirada, que no pudo ocultar la sorpresa. ¡Él había creído que iba a suplicarle para que la dejara conservar su trabajo!

Dante arqueó una ceja con gesto cínico.

–¿Una salida triunfal? No espere que la pida que se quede.

Mackenzi se sintió casi liberada. Con poder. Porque ahora no había motivo alguno para no decirle lo que realmente pensaba.

–Señor Carrazo –dijo ella con una sonrisa–, a pesar de lo que habíamos oído decir respecto a usted, yo creía que se podría hablar con usted, dialogar, apelar a su lado bueno. Pero usted no tiene ningún lado bueno, ¿verdad? Usted es un sinvergüenza sin corazón.

–Ése es sólo la mitad de mi problema –reconoció Dante también sonriente–. No olvide que tengo que mantener mi reputación.

–¡No comprendo cómo puede dormir por las noches!

–¿Es por eso por lo que me proporcionó a una mujer? ¿Porque suponía que necesitaría un entretenimiento ya que mi mala conciencia no me dejaría dormir?

Las mejillas de Mackenzi volvieron a enrojecer y sus manos volvieron a retorcer automáticamente la servilleta.

–No sé de qué está hablando.

Dante esbozó una falsa sonrisa.

–De la mujer que estaba en mi cama anoche. Usted es la mánager, así que no me diga que no fue usted quien lo arregló todo.

Mackenzi apretó los labios y se puso en pie bruscamente.

–No estoy dispuesta a seguir escuchando esto.

Dante se levantó y le impidió la fuga.

–¿En serio creía que mandando a una prostituta a mi cama lograría convencerme de que mantuviera el hotel abierto?

Dante la vio tragar saliva y cerrar las manos en dos puños.

–Dígame, señor Carrazzo, ¿dónde está esa prostituta? ¿Esperándole para que repita su, sin duda, magnífica actuación? Me sorprende que se haya levantado de la cama.

Dante estaba seguro de que ella sabía más de lo que reconocía saber y de que se sentía culpable. Le habían enviado a una prostituta con el fin de endulzarle la píldora. Pero, por supuesto, el truco no iba a funcionar.

—Sabe perfectamente que se ha marchado. ¿Por qué, la pagaba por horas?

—Aunque comprendo perfectamente que tenga que pagar para que alguien se acueste con usted, señor Carrazzo, le aseguro que nadie ha pagado a nadie para que fuera a su habitación. Quizá esa mujer no sea más que un producto de su imaginación. Y ahora, si me lo permite, tengo que ir a vaciar mi despacho.

Dante vio esos ojos verdes echar chispas...

¿Ojos verdes?

Y, de repente, lo supo. Supo quién era esa mujer.

Dante se llevó las manos las caderas, remontando en cólera. No sabía a qué había estado jugando esa mujer, pero el juego había terminado.

—Bien, dígame, señorita Keogh, ¿quién es mejor amante, Richard o yo?

Capítulo 4

EL SUSTO la dejó momentáneamente sin respiración. Hacía semanas que no pensaba en Richard; al menos, hasta el sueño de la noche anterior... que había resultado no ser un sueño y el amante tampoco había sido Richard.

Sin embargo, lo realmente importante, era que ese hombre le estaba diciendo que sabía que ella era la mujer que había encontrado en su cama.

–Yo... no tengo idea de qué me está hablando –mintió Mackenzi.

–¿Es que Richard nunca le ha dicho que habla en sueños?

La camarera se acercó en ese momento para retirar los platos del desayuno y Mackenzi decidió que había llegado el momento de continuar aquella conversación en un lugar más privado.

–Señor Carrazzo, si ya ha terminado de desayunar, creo que podríamos concluir la conversación en mi despacho.

–Si lo prefiere, podríamos ir a mi habitación –sugirió él con fría educación–. Parecía sentirse como en su casa anoche allí.

–¡Es suficiente! –exclamó ella, haciendo lo posible por ignorar la expresión de horror de la camarera, antes de levantarse del asiento y ponerse en marcha hacia su despacho.

Mackenzi había decidido dejar el trabajo pensando que, de esa forma, protegería su identidad. Pero había sido en vano.

–No tenía por qué decir esas cosas que ha dicho –declaró Mackenzi en el momento en que Dante Carrazzo entró en su despacho y cerró la puerta tras sí.

–Y usted no tenía por qué estar acostada en mi cama.

–Yo no he reconocido haber estado en su cama.

–No es necesario que lo haga, su reacción al oírme pronunciar el nombre de Richard la ha delatado.

Mackenzi apartó la mirada.

–Eso no demuestra nada. Simplemente, me ha sorprendido lo que ha dicho.

–En ese caso, ¿por qué ha salido disparada del restaurante?

–¿Le extraña, después de hacer semejante acusación?

–Está evitando reconocer la verdad.

Dante la miró fijamente durante unos momentos antes de acercarse a la puerta y cerrarla con llave.

–¿Qué hace? –preguntó ella con súbito pánico.

–Quería privacidad y me estoy asegurando de que la tenga.

Entonces, Dante se acercó a ella, haciéndola estremecer.

–Bueno, dígame, ¿qué pensaba obtener con lo de anoche?

Mackenzi, retrocediendo, se refugió detrás del escritorio, pero Dante lo rodeó, haciéndola seguir retrocediendo hasta hacerla chocar contra el archivador, atrapándola. Ella cruzó los brazos a la altura del pecho con gesto defensivo, demasiado consciente del calor que le subía por el cuerpo en presencia de ese hombre.

–No le veo sentido a continuar con esta conversación; sobre todo, teniendo en cuenta que ya ha tomado una decisión respecto al hotel y ya ha declarado que prescinde de mis servicios. Lo más productivo sería que usted vaya a informar a los empleados de lo que va a hacer mientras yo recojo mis cosas de la oficina.

–Así que no quiere seguir hablando ahora que ha visto que su plan, fuera el que fuese, ha fracasado, ¿eh? –dijo Dante y, extendiendo el brazo, le acarició el hombro.

Mackenzi se estremeció al sentir el fuego de aquel contacto. ¿Cómo era posible? ¿Cómo podía ser que ese hombre la afectara de esa manera, teniendo en cuenta que le odiaba? Porque ahora que sabía lo que iba a hacer con Ashton House, le odiaba.

–¿De qué plan está hablando?

–De su plan para predisponerme a mostrar generosidad respecto al destino del hotel. Debo admitir se ha esmerado.

Mackenzi sacudió la cabeza mientras la mano de él se movía por su brazo con el pulgar peligrosamente cerca de uno de sus pechos. Podía descruzar los brazos, pero se sentiría demasiado vulnerable, demasiado expuesta a él.

–Y yo debo decir que usted tiene mucha imaginación. Y ahora, ¿por qué no me deja en paz?

–Anoche no le importó que la tocara. De hecho, parecía disfrutar... mucho.

Mackenzi no quería seguir oyéndole. Lo que había sentido la noche anterior, lo que sentía en esos momentos con una simple caricia en el brazo... no, no lo comprendía. Todo era demasiado nuevo para ella, demasiado extraño. Y no comprendía por qué le ocurría precisamente con ese hombre.

Frustrada, Mackenzi descruzó los brazos e intentó empujarle para abrirse paso.

–Está usted loco. Déjeme salir de aquí.

Pero Dante se limitó a sonreír y, moviéndose en la misma dirección que ella, hizo que sus cuerpos se chocaran. Ella dio un salto hacia atrás, casi sin respiración. Y entonces, Dante le quitó las gafas y las dejó encima del escritorio.

–¡Eh!

La sonrisa de él se agrandó.

–Tiene usted unos ojos increíbles –le informó Dante–. Son como dos esmeraldas. Sabía que los había visto.

Ella apartó la mirada.

–Hay mucha gente con ojos verdes –dijo Mac- kenzi, al tiempo que sentía la mano de Dante en la nuca.

Y antes de poder protestar, sintió el sujetador de pelo abrirse y el cabello caerle por los hombros.

–Así está mejor –declaró Dante peinándole los cabellos con los dedos.

–No.

Dante bajó la cabeza e inhaló al lado de su ros- tro.

–Esta mañana me he despertado con el olor de su pelo en la almohada. ¿Por qué se marchó tan temprano?

–Sigo sin saber de qué me está hablando.

–¿Aún no quiere reconocer que estaba en mi cama anoche?

–Lo siento, pero creo que usted estaba so- ñando.

–No, nada de eso. Fue mejor que un sueño. Mu- cho mejor –dijo él con voz aterciopelada, envol- vente–. Y mucho más satisfactorio.

Mackenzi sacudió la cabeza.

–Escuche, señor Carrazzo...

–Llámame Dante.

–¿Qué?

–Después de lo de anoche, es lógico que nos tu- teemos.

«Niégalo», se dijo Mackenzi a sí misma.

–Anoche no pasó nada.

–¿Por qué te marchaste? Te he echado de menos esta mañana.

–No –respondió Mackenzi sacudiendo la cabeza.

Dante le puso dos dedos sobre la barbilla y, con el pulgar, le acarició la mandíbula.

–Podríamos haber hecho muchas más cosas.

Mackenzi respiró profundamente.

–Sigo diciendo que se está equivocando de persona.

Dante le puso la mano en el hombro, peligrosamente cerca del pecho.

–Escuche, esto ha ido demasiado lejos. Tengo que recoger mis cosas para marcharme y usted tiene que desmantelar un hotel.

–Sí, en efecto. Pero, en estos momentos, creo que los dos preferiríamos hacer otra cosa.

–¡No!

Él sonrió, pero la sonrisa no llegó a esos ojos fríos y calculadores. Ella tembló, sintiéndose como un animal acorralado.

–Sé que anoche disfrutaste... tanto como yo –declaró Dante.

–¡No es verdad que disfruté! –exclamó ella y, con horror, vio que se había delatado a sí misma.

Mackenzi se llevó una mano a la boca, pero era demasiado tarde para retirar aquellas palabras, demasiado tarde para contener el pequeño grito de angustia que escapó de su garganta.

–Vamos, vamos, Mackenzi –Dante le puso las

manos en la nuca, acariciándola–. Lo has intentado y has fracasado. No te culpes.

Las paternalistas palabras de él la hicieron volver a adoptar una actitud luchadora. Quizá no le quedaran armas para defenderse, pero podía atacar.

–No puedo creer su arrogancia. Encuentra a una mujer dormida en su cama y supone que está ahí para satisfacer sus necesidades sexuales. ¿Qué clase de hombre es usted?

–Un hombre que, a caballo regalado, no le mira el diente.

–Habla como si hubiera estado ahí esperándole.

–¿Y no es así? Estaba en mi suite. En mi cama, desnuda. Y el recepcionista me dijo nada más llegar que habían preparado algo especial para mí como bienvenida. Lo único que siento es que el regalo desapareciera tan pronto. ¿Por qué te marchaste, Mackenzi? Apenas habíamos tenido tiempo de conocernos.

¿Ese hombre creía que ella había sido una especie de regalo de bienvenida? ¿Acaso no había visto la cesta con quesos y vinos locales que habían preparado para él y que estaba en la mesa de centro del cuarto de estar de la suite?

No, evidentemente no lo había visto. Dante Carrazzo había asumido que el hotel le había proporcionado a una prostituta y había supuesto que ella era esa prostituta. Y, por supuesto, ella no había hecho nada por sacarle de su error la noche anterior.

Ahora, tenía dos opciones. La primera opción era sacarle de su error respecto al motivo por el que ella había estado en su cama y explicarle que, como había trabajado hasta muy tarde y el hotel estaba lleno, además de que no habían esperado que llegara hasta el día siguiente, ella había decidido acostarse en la única cama libre en todo el hotel. La segunda opción era seguirle el juego.

No le resultó difícil tomar una decisión.

−¿Para qué iba a quedarme? −dijo Mackenzi levantando la barbilla−. Acabó todo en un minuto. Después, usted se dio media vuelta y se quedó dormido. No me mereció la pena quedarme.

La sonrisa de Dante desapareció.

−¿Que no duró más que un minuto? Según recuerdo, disfrutaste todos y cada uno de los segundos que transcurrieron.

Ella se encogió de hombros.

−Supongo que no estuvo mal del todo.

Dante empequeñeció los ojos y ella se dio cuenta de que le había insultado realmente.

−Y no te pareció bien esperar a ver qué traía la mañana, ¿verdad?

Mackenzi volvió a encoger los hombros.

−Lo siento, pero cuanto más pensé en ello, más ridícula me pareció la idea. Es evidente que usted no es la clase de hombre a quien una noche de sexo le hiciera cambiar de planes.

−¿Y por eso, a pesar de haberte reconocido, seguías negando lo que ha pasado?

Mackenzi lanzó una temblorosa carcajada.

–No es algo que a una le guste reconocer. Pensé que lo mejor era negarlo y olvidarlo.

–¿Y qué pasaría si no se tratara sólo de una noche?

–¿No entiendo?

–Has dicho que yo no voy a cambiar mis planes por una noche de sexo y tienes razón. Pero... ¿y si fuera por más tiempo? ¿Crees que podrías hacerme cambiar de idea respecto al hotel?

Mackenzi, empequeñeciendo los ojos, comenzó a negar con la cabeza.

–Tengo que recoger mis cosas, no dispongo de tiempo para esto.

–Haz tiempo, quizá te fuera útil. Puede que te interese saber que la mayoría de las personas no logran sus objetivos porque se dan por vencidas con demasiada facilidad.

–Escuche, gracias por la clase magistral, pero será mejor que se vaya si no quiere llegar tarde a la reunión de las diez y media en la que va a decir a los empleados que se van a quedar sin trabajo. Y yo también tengo que ponerme en marcha y recoger mis cosas.

–Hablo en serio –declaró Dante.

–¿Respecto a qué?

–Respecto a acostarme contigo otra vez.

–La broma no tiene gracia –dijo ella con voz tensa.

–No es una broma.

Mackenzi respiró profundamente.

–No quiero acostarme con usted.

–Ya lo has hecho.

–Ha sido un error. No debería haber ocurrido y no volverá a ocurrir.

–¿Ni siquiera si con ello cambio de planes?

Mackenzi no se fiaba de él, pero tampoco podía ignorar la posibilidad, por pequeña que fuera, de que ese hombre cambiara de idea.

–¿Qué quiere decir?

–Pareces dispuesta a hacer cualquier cosa por salvar tu maravilloso hotel.

–No quiero que Ashton House se cierre. Nadie lo quiere, excepto usted.

–En ese caso, te estoy dando la posibilidad de salvar la propiedad.

–¿Acostándome con usted? No le creo.

Los oscuros ojos de Dante brillaron.

–Créeme. Si no te acuestas conmigo, el hotel se cerrará. Si lo haces, podrías salvarlo.

Mackenzi parpadeó.

–¿Me está proponiendo que me convierta en su amante?

Dante se encogió de hombros como si se tratara de algo sin demasiada importancia.

–Por el tiempo que sea necesario.

–Y si me acuesto con usted... ¿no clausurará el hotel?

–No es eso exactamente. Si te acuestas conmigo, lo pensaré.

–¿Que lo pensará? ¿Qué clase de trato es ése?

–El mejor trato que estoy dispuesto a ofrecer en estos momentos.

–¿Y qué garantías tengo yo de que lo piense? ¿Cómo puedo saber que no va a cerrar el hotel?

–No hay garantías.

Mackenzi negó con la cabeza.

–Está usted loco.

Mackenzi agarró una caja de cartón para empezar a recoger sus cosas, pero él, agarrándole la muñeca, le hizo soltar la caja. Ella, alzando el rostro, le miró con desdén y declaró:

–Puede que sea un gran hombre de negocios, pero tiene mucho que aprender respecto a lo que es un romance.

Dante no la soltó.

–Piénsalo. ¿Quieres decirles a tus compañeros de trabajo que se te ha presentado la posibilidad de salvar el hotel y quizá sus puestos de trabajo y que la has rechazado?

–Yo no voy a estar en esa reunión. Usted me ha despedido, ¿o se le ha olvidado?

–En ese caso, se lo diré yo.

Mackenzi le miró a los ojos, incapaz de creer que fuera tan cruel.

–Les diré que, ya que no cuento con la cooperación de la mánager, no me queda otra opción más que cerrar el hotel.

–No se atreverá a hacer eso.

Dante sonrió.

–¿No?

Era una locura. Mackenzi pensó en Natalie, la recepcionista, que acababa de comprar una casa; en el chef, Con, que estaba esperando el nacimiento de su tercer hijo. ¿Cómo podía hacerles eso, negarles la posibilidad de conservar sus empleos?

El antiguo reloj encima de la chimenea dio una campanada, anunciando la media hora.

–Bueno, la reunión va a empezar –dijo él al tiempo que se la acercaba y le pasaba las yemas de los dedos por la nuca–. ¿Qué decides? ¿Cerrar el hotel o calentarme la cama y dejar abierta la posibilidad de que tus compañeros conserven sus empleos? Depende de ti.

Mackenzi se apartó de él.

–Sin garantías, ¿verdad?

–En la vida no hay garantías. No obstante, tenemos que tomar decisiones todos los días. Ésta es una más. El destino de Ashton House depende de ti. Decide.

Era una condición horrible y lo que debía hacer era rechazarla sin más. Pero si sólo pensaba en sí misma, todos perderían sus empleos... y cabía la posibilidad de que, si se acostaba con él, el hotel sobreviviera.

¿Tenía alternativa?

–Sí –susurró Mackenzi con la boca repentinamente seca.

–No te he oído –dijo él, humillándola aún más si cabía.

–Sí –repitió ella en voz más alta–. Me acostaré con usted.

Dante sonrió.

–Sabía que actuarías con sentido común.

¿Era eso sentido común?

Y, cuando Dante se le acercó de nuevo con fuego en la mirada, todo el sentido común que poseía pareció abandonarla. Su miedo se mezcló con la excitación. ¿Iba a exigirle sus servicios tan pronto?

–Tenemos una reunión...

–Date la vuelta –le ordenó él.

–¿Qué?

–¡Que te des la vuelta!

Con piernas temblorosas, Mackenzi se volvió de cara al escritorio.

–¿Qué hace? –preguntó ella.

Pero las intenciones de Dante se hicieron patentes en el momento en que, levantándole la falda por detrás, comenzó a acariciarle los muslos. Ella jadeó cuando los dedos de ese hombre se cerraron alrededor de sus piernas, tirando de ella hacia sí al tiempo que se apretaba contra ella.

–¿Ves cuánto te deseo? –dijo él tras lanzar una carcajada.

Mackenzi volvió a jadear al sentir la dureza de él... y al sentir su propio y húmedo pulso. Su propio deseo. Pero era demasiado pronto...

–Por favor, pare –rogó ella–. Por favor...

La boca de Dante se apoderó de su cuello haciéndola estremecer de placer.

–Te gusta esto –murmuró él junto a su piel, calentándola con el aliento–. Me deseas.

–Así no –protestó Mackenzi, a pesar de que su cuerpo estaba encendido por la llama del deseo–. He dicho que me acostaré con usted, pero no estoy dispuesta a que se me trate como a la mujer de un neandertal.

Capítulo 5

DANTE, encolerizado, la soltó y cerró las manos en dos puños.

—¿Me has llamado neandertal?

Mackenzi se bajó la falda y se dio media vuelta.

—¿Le extraña? Puede que sus modales cavernícolas le hayan dado resultado en los negocios, pero olvídese de ello en la cama conmigo.

Los ojos de él echaron chispas.

—¿Se te ha olvidado que has sido tú quien estaba desnuda en mi cama y que has sido tú quien ha accedido a convertirse en mi amante? ¿Y ahora crees que tienes derecho a opinar?

Mackenzi le miró con altanería.

—He accedido, pero eso no significa que tenga que gustarme.

La expresión de Dante mostró que había tomado esas palabras como un desafío.

—Si lo que quieres es disfrutar, te prometo que vas a disfrutar.

De nuevo, Dante se acercó a ella, pero unos golpes en la puerta le detuvieron.

—¿Señorita Keogh? —era una voz al otro lado de

la puerta, la puerta cerrada con llave–. La reunión...
Los empleados están esperando.

–Ahora mismo vamos –respondió Mackenzi.

Para Mackenzi, la reunión fue una tortura; sobre
todo, cuando Dante anunció que ella dejaba el
cargo de mánager para «ayudarle» en sus delibera-
ciones mientras estudiaba el negocio del hotel. En
ese momento, todos los ojos se volvieron hacia
ella.

¿Qué estaban pensando? No cabía duda de que
habría rumores.

Pero entonces Dante anunció que, hasta que no
tomara una decisión definitiva, las cosas seguirían
como hasta el momento, y Mackenzi notó que la
atención de los empleados volvía a centrarse en él
con curiosidad y alivio. Y casi se alegró de la decisión que había tomado.

Casi.

Hasta que alguien preguntó cuánto tiempo lle-
varía el proceso de deliberación y Dante contestó:

–Una semana, dos a lo sumo.

En ese momento, Mackenzi se dio cuenta de lo
poco que ella valía para Dante. Dos semanas para
deshacerse de ella. Dos semanas durante las cuales
iba a utilizarla y a devorarla para luego dejarla ti-
rada.

Dante la miró entonces con ojos llenos de oscuras promesas, y ella tembló al darse cuenta de lo que había en esos ojos: deseo.

Su cuerpo no pudo evitar responder: sus senos se hincharon y el fuego en su vientre envió llamas hacia partes más bajas.

¿Cuánto tiempo iba él a tardar en poseerla de nuevo? Ya había demostrado ser un hombre con un gran apetito sexual.

Una o dos semanas era lo que Dante Carrazzo había calculado que ella le duraría. Pero tras el despertar sexual que había experimentado la noche anterior, no creía que dos semanas fueran suficientes para ella.

—Haz tu equipaje —le dijo Dante cuando la reunión acabó y todos los empleados volvieron a sus tareas.

—¿Qué?

—Nos vamos. Después del almuerzo.

—Pero... no había dicho nada respecto a...

—No puedo abandonar mis negocios, tengo que ir donde los negocios me lleven.

«Mientras que tú, como mi amante, puedes ir a cualquier parte», fueron las palabras no pronunciadas, pero implícitas. Y sin decir nada, lo había dejado todo muy claro. No obstante, ella había consentido. Dante le había puesto la etiqueta de prostituta y, de momento, ella no tenía más remedio que asumir ese papel.

—¿Adónde vamos?

—Primero, a Melbourne; después, a Auckland. Tengo que cerrar un trato con urgencia.

Si lo que trataba era de impresionarla, no funcionó.

–Supongo que deberíamos sentirnos halagados de que se haya empleado parte de su precioso tiempo para venir a vernos.

Dante la miró fijamente, con esos ojos que hacía unos minutos habían mostrado deseo y que ahora, de repente, reflejaban un dolor casi palpable.

–Esto ha sido un asunto personal.

Dante parpadeó y, cuando volvió a abrir los ojos, ya no se veía nada en ellos.

Dante sacó una tarjeta de su billetera.

–Llama a mi secretaria para darle tu información personal –Dante hizo una momentánea pausa–. ¿Tienes pasaporte?

Mackenzi deseó no tenerlo, pero asintió.

–Nos marchamos a las dos. Tienes que estar lista para entonces.

Dante se dio media vuelta para irse.

–¿Tengo otra alternativa?

Dante volvió la cabeza y respondió:

–No.

La niebla había comenzado a levantar cuando ella se adentró en el camino que llevaba a su vieja casa de piedra. Metió el coche en los antiguos establos, que ahora servían de garaje, y se miró el reloj. El trayecto había sido lento, pero aún tenía tiempo para pedirle a la señora Gepp, su vecina, que diera de comer a Misty durante su ausencia, y también para buscar su pasaporte, llamar a sus padres y meter alguna ropa en la maleta.

De repente, como si acabara de darse cuenta de lo que estaba a punto de hacer, bajó la cabeza y la apoyó en el volante del coche. Durante las últimas veinticuatro horas, había tenido el más increíble contacto sexual con su jefe, había descubierto que el hotel estaba a punto de ser destruido, había perdido su trabajo y se había convertido en la amante de su jefe. Un día normal.

¡Qué estaba pasando!

Por fin, salió del coche y se dispuso a hacer lo que tenía que hacer.

Lo más fácil fue arreglar lo del gato.

Lo más difícil era la llamada a sus padres. ¿Cómo iba a decirles que la habían despedido de su trabajo ese día y que, a pesar de ello, se iba en un viaje de negocios? No soportaba mentir a sus padres, pero había cosas que no podía decirles.

Sobre todo, cuando le preguntaron qué pensaba hacer con el hotel su nuevo dueño. Sabía que se lo iban a preguntar y cerró los ojos. Sus padres se habían casado en Ashton House. Tenían buenos recuerdos de ese lugar y celebraban su aniversario todos los años en el restaurante con sus amigos.

–Aún no se sabe –contestó ella con toda honestidad–. Quizá pronto tengamos buenas noticias.

Media hora más tarde estaba con el armario abierto contemplando la última tarea mientras Misty daba vueltas alrededor de sus piernas como si no tuviera ninguna preocupación en el mundo.

Al contrario que ella.

—Dime, ¿cómo va vestida una amante? —preguntó Mackenzi a su amiga felina, pero Misty se tumbó de espaldas, moviéndose de un lado a otro. Ella suspiró. Fuera lo que fuese lo que metiera en la maleta, no iba a impresionar a nadie.

Después de pasar revista a sus uniformes y de descartar las camisas y los pantalones que reservaba para el trabajo, agarró un par de pantalones buenos; uno de ellos era para el viaje. Acababa de elegir una serie de blusas cuando encontró su único artículo de lujo. Se trataba de un vestido negro con incrustaciones; se lo había puesto por última vez hacía dos años.

Colocó el vestido encima de las otras ropas que había amontonado encima de la cama y después, con lógica perversa, agarró un pijama de franela. Aún no estaba segura respecto a lo del sexo.

Por fin, se quitó el uniforme, se puso los pantalones negros y un jersey fino y metió el resto de la ropa en la pequeña maleta.

De repente, oyó el crujido de las ruedas de un coche sobre la grava del camino antes de que el vehículo se detuviera delante de la casa.

Misty alzó la cabeza con mirada inquisitiva.

—No me preguntes —le dijo ella a la gata al tiempo que oía una portezuela de coche cerrarse.

Pero el vuelco que le dio el corazón le indicó que era él, incluso antes de oír los golpes en la puerta de la entrada, incluso antes de recorrer el pasillo y abrir la sólida puerta de madera y encontrarse delante de aquella furia andante de un metro noventa de altura en forma de hombre.

Y a pesar de haber estado segura de que se trataba de él, sintió el impacto de verle en la piel. Era muy alto y dominante, y la dejó sin respiración.

–Me han dicho que te habías ido –dijo él en tono acusatorio.

Mackenzi le miró con tanto desdén como pudo; sin embargo, no pudo evitar buscar su mirada y sentir el peso de ella. Pero lo peor fue que no pudo ignorar el atractivo sexual de ese hombre. Le bebía con la mirada.

¡Maldito!

–Y así es –respondió ella con exasperación–. ¿Cuál es el problema?

Mackenzi, apartándose de la puerta, se dirigió hacia la cocina.

Misty apareció allí también mientras ella sacaba una lata de comida para gatos de la despensa. Acarició a su gata y, al volverse, lo encontró detrás de ella. El corazón empezó a latirle con fuerza y el pulso se le aceleró a un ritmo vertiginoso.

–Te he llamado, pero el teléfono estaba desconectado –otra acusación. ¿Cuál era el problema?

Mackenzi sacudió la cabeza y, rodeándole, se

acercó al mostrador central de la cocina para intentar pensar con calma. Tenía a un hombre allí, en su cocina, un hombre poderoso que parecía estar en contra del mundo entero y, ahora, de ella en particular. ¿Por qué estaba tan enfadado? ¿Porque se habían acostado juntos?

Respiró profundamente y sacó una cuchara de un cajón.

–Mi teléfono no está desconectado –dijo ella por fin–. Como estamos a cierta altura, a veces se pierde la señal.

–Estás mintiendo.

–Y usted está loco. Se presenta aquí hecho una fiera y ¿por qué? ¿Acaso creía que iba a salir huyendo o algo por el estilo?

–¿Ibas a hacerlo?

Mackenzi lanzó un bufido.

–Ojalá. Y no creo que nadie me culpara por ello. Pero no, hemos hecho un trato, ¿recuerda? Yo sí, a pesar de que me ha chantajeado –Mackenzi abrió la lata de la comida del gato y metió la cuchara en la lata.

–Un trato al que tú has accedido.

Mackenzi echó la comida en el plato de la gata y Misty se puso a comer.

–Así que creía que me había echado atrás, ¿eh? –dijo ella–. Y, por supuesto, ha venido como un cavernícola a agarrarme para arrastrarme a su caverna. Qué romántico. No sabía que le importara tanto.

Una ardiente y amarga furia corrió por las venas de Dante. Sí, se había enfadado al ver que Mackenzi no estaba en el hotel y más aún al enterarse de lo lejos que vivía. No obstante, no creía que ella hubiera escapado. Mackenzi necesitaba que se cumpliera el trato más que él. Sin embargo, al no poderla localizar por el móvil, las dudas habían empezado a hacer mella en él.

Mackenzi tiró la lata en la basura y se acercó a la pila, y Dante la sorprendió al intercederle el paso y ponerle las manos en los brazos. La cuchara se le cayó de la mano, repiqueteando en el suelo de terracota.

—¿Quieres ver un hombre de las cavernas? Podría llevarte ahí ahora mismo —dijo él—. Podría tumbarte aquí mismo, en este mostrador, y terminar lo que hemos empezado esta mañana.

Los ojos de Mackenzi, desmesuradamente abiertos, y su agitada respiración le indicaron que era algo más que el susto lo que provocaba su reacción. Tenía el rostro enrojecido y los pezones se le notaban por debajo del tejido del jersey; sin embargo, eran sus ojos los que la delataban, esos ojos verdes llenos de pasión y de apenas contenido deseo sexual. Sí, ella también le deseaba.

Cuando Mackenzi se pasó la lengua por el labio inferior, él la miró con fascinación.

—¿No demostraría eso lo que ya he dicho? —dijo ella con voz temblorosa y respiración entrecortada.

Dante avanzó hacia ella hasta tenerla contra el

mostrador; después, colocó las manos a ambos lados de ella, aprisionándola entre sus brazos.

–En estos momentos, no me importa nada lo que has dicho antes –susurró él con voz grave–. Porque justo ahora...

Dante vio pánico en esos ojos verdes, pero fue un pánico fugaz que se consumió en las llamas del deseo. Porque a pesar de llamarle cavernícola, Mackenzi estaba deseando empezar a prestar sus servicios como amante, tanto en su cama como fuera de ella. Y no dudaba de que la entrepierna de Mackenzi estuviera húmeda y dispuesta a recibirle. Sonrió y bajó la cabeza, y le gustó la forma como ella ladeó el rostro dispuesta a recibir su beso con los labios entreabiertos. Probablemente, no era consciente de lo que estaba haciendo.

–Justo ahora tenemos que irnos para tomar un avión –declaró él a escasos milímetros de la boca de ella.

Mackenzi parpadeó, su confusión y desilusión eran evidentes cuando él se apartó.

–¿Has hecho el equipaje ya?

Mackenzi luchó por recuperar la compostura, entreteniéndose en recoger la cuchara y limpiar el suelo donde había caído. Pero era demasiado tarde, ya había las manchas rojas que habían marcado sus mejillas.

–Por supuesto que he hecho el equipaje. Pero usted había dicho nos íbamos a las dos.

–Ha habido un cambio de planes. Nos vamos

ahora a Adelaide para tomar un avión, no vamos a
ir en coche, y de Adelaide a Auckland, llegaremos
allí por la noche. Por eso te había llamado. ¿Estás
lista? ¿Ya te has despedido de quien tuvieras que
despedirte?

Ignorando las preguntas, Mackenzi respondió:

–Voy a por la maleta.

–¿Vives sola? –le preguntó Dante durante el
corto vuelo a Melbourne.

Eran las primeras palabras que él le dirigía durante lo que parecía una eternidad. Dante tenía el
ordenador portátil y unos papeles a su alrededor,
cosa que le había tenido ocupado todo el tiempo
hasta ese momento. Ella prefería que estuviera trabajando, le resultaba más fácil.

Mackenzi dejó la novela que estaba leyendo,
contenta de que al viajar en primera clase los asien-
tos fueran más espaciosos y no tuviera que estar
pegada a él.

–Usted ha estado en la casa, ¿ha visto a alguien
más? –Dante la había seguido a su dormitorio cuando
había ido a por la maleta y había arqueado las cejas
al ver la falta de espacio–. Vivimos solas, Misty y
yo.

–¿Y quién es Richard?

Oh, no, de vuelta a lo mismo.

–Nadie. Un hombre que conocía. Un amigo.

–¿Un amante?

Mackenzi casi se echó a reír. Richard se creía uno de los mejores amantes del mundo, a pesar de sentirse defraudado por ella.

—Supongo que podría llamarlo así... durante un tiempo.

—¿Qué pasó?

—Me mintió, así de sencillo. Me mintió respecto a algo muy importante y jamás podría volver a fiarme de él.

—¿En qué te mintió?

Mackenzi lanzó una amarga carcajada.

—Estaba casado. Durante el tiempo que estuvo conmigo, tenía una esposa y dos hijos en Sydney. Solía irse de viaje de negocios con frecuencia, es evidente que le decía lo mismo a su mujer.

Dante guardó silencio durante un rato y ella empezó a creer que le había aburrido con su insignificante respuesta.

—Anoche creías que yo era Richard.

—¿En serio? No comprendo por qué —y era verdad.

A pesar de su atractivo físico y sus sonrisas, Richard jamás había conseguido acelerarle el pulso ni hacerla alcanzar un orgasmo.

Una mujer de hielo, le había dicho Richard. También la había dicho que la amaba, pero que ella tenía un problema y que era afortunada de contar con él para ayudarla. Cuando el romance llegó a su fin, empezó a pensar que Richard tenía razón...

Hasta la noche anterior, con Dante.

¿Qué tenía de especial ese hombre moreno? Un hombre que la había amenazado con poseerla encima del mostrador de la cocina.

¿No debería odiar a un hombre así?

Y, sin embargo, estaba dolida por lo que él *no* le había hecho en la cocina.

En menos de veinticuatro horas desde el incidente en la habitación de él, su cuerpo estaba prácticamente pidiendo más de lo mismo a gritos. Ni siquiera podía mentirse a sí misma y convencerse de que lo único que le interesaba era salvar el hotel. No, ya no.

Maldito hombre.

La voz del piloto a través del micrófono les informó de que habían empezado el descenso al aeropuerto de Melbourne. La primera parte del viaje estaba llegando a su fin. Dante guardó el ordenador portátil y se puso a leer los informes que tenía en las manos, librándola de responder a más preguntas, pero sin liberarla de sus pensamientos.

El consejero de inversiones de Dante, Adrian Stokes, había ido a buscarles al aeropuerto. Un hombre alto y muy delgado con cabello rubio y entradas en la frente que la miró como si mirase a una concha que alguien hubiera recogido en una playa para añadir a una colección y luego decidió ignorarla.

Cosa que a ella no le molestó. Era evidente que ambos hombres tenían que hablar de negocios, por lo que se sentaron juntos, dejándola sola durante todo el trayecto a Nueva Zelanda.

Mackenzi aprovechó el tiempo para reflexionar: tenía dos semanas para convencer a Dante de que no derrumbase el hotel.

Ese día se había comportado como una tonta, insultándole y provocándole, pensando en sí misma. Pero no se trataba de ella, sino de Ashton House.

Quizá sólo fuera su amante, pero eso no significaba que no pudiera influir en él.

Una oportunidad de una o dos semanas.

Y no estaba dispuesta a perder ni un minuto. Empezando ya.

Mackenzi volvió la cabeza y, cuando logró la atención de Dante, le sostuvo la mirada y le sonrió.

Dante estaba diseñando la estrategia para la reunión del día siguiente con Quinn cuando la vio. Interrumpió lo que iba a decir, sin comprender por qué ella le estaba sosteniendo la mirada sin apartar los ojos y esconderse detrás del libro. Y le pareció aún más incomprensible la sonrisa de ella. ¿A qué se debía?

—Dante...

Dante volvió la cabeza hacia Adrian, que le estaba mirando con el ceño fruncido.

—Estabas diciendo...

—Ah, sí, claro... ¿Dónde estaba?

—No está mal, es guapilla –concedió Adrian lanzando una rápida mirada en dirección a Mackenzi–. Aunque no le vendría mal operarse la nariz.

Dante arrugó el ceño. A él no le parecía mal la nariz de Mackenzi.

–Su nombre me resulta familiar –añadió Adrian.

–No me extraña. Es la antigua mánager de Ashton House.

Adrian arqueó las cejas.

–Ah. Una mujer.

–Sí, así es.

Adrian sonrió traviesamente.

–¿Y ha accedido a acompañarte y dar un paseo ahora que se ha enterado de que se iba a quedar sin trabajo y que el hotel iba a cerrar?

–No exactamente. Mackenzi ha dejado muy claras sus objeciones respecto a mis planes de cerrar el hotel. Yo he hecho un trato con ella: si venía conmigo, reconsideraría dichos planes.

La sonrisa de Adrian se agrandó, sus ojos brillaron como si acabaran de hacerle partícipe de un secreto.

–¿Le has dicho que lo pensarías?

Fue Dante ahora quien sonrió.

–Eso es.

–Pero no vas a cambiar de idea respecto a Ashton House, ¿verdad?

Dante lanzó una última mirada a Mackenzi, de nuevo inmersa en su novela. Casi le daba pena.

–No, de ninguna manera –le contestó a Adrian.

Era la una de la madrugada cuando aterrizaron en Auckland y casi las dos cuando la limusina que había ido a recogerlos los dejó en el hotel. Debido a la diferencia horaria, era cerca de la medianoche allí.

Adrian, que la había seguido ignorando, ya se había marchado cuando se dirigieron a la suite donde ella iba a convertirse oficialmente en la amante de Dante.

¿Esperaba Dante que cumpliera esa noche?

El botones les condujo a su suite; pero en vez de la cama que había esperado ver, Mackenzi se encontró con un cuarto de estar, un comedor con una mesa para ocho y un arreglo florar en el centro de la mesa. Al lado, había otra habitación que servía de oficina. Al otro extremo de la suite estaba el dormitorio principal en el que una enorme cama llena de almohadas dominaba el espacioso cuarto, a su lado había una mesa con una cubeta de hielo en la que había una botella de champán y, a su lado, dos copas de cristal.

Pero era la cama lo que llamó su atención.

Mackenzi tragó saliva. Una persona podía perderse en esa cama. Entonces miró a Dante, que estaba diciéndole al botones dónde dejar su equipaje, y cambió de idea. ¿Qué iba a sentir al compartir la cama con él? ¿Cómo iba a ser acostándose con ese hombre todas las noches y levantándose con él por las mañanas?

Iba a descubrirlo muy pronto.

Mackenzi se acercó a los ventanales, descorrió

las cortinas y las luces de la ciudad se revelaron en todo su esplendor.

Dante acompañó al botones a la puerta. Ella oyó la puerta al cerrarse. Por fin, estaban solos.

¡Por fin!

Capítulo 6

NECESITAS algo del servicio de habitación? Mackenzi, con el estómago hormigueándole de excitación, sacudió la cabeza.

–No, gracias.

–En ese caso, ponte cómoda. No creo que tarde mucho.

–¿Cómo?

En ese momento, alguien llamó a la puerta.

–Debe de ser Adrian y el personal de finanzas –explicó Dante, agarrando su portafolios.

–¡Son las tres de la madrugada!

–Estaremos en el despacho. Intentaremos no molestarte –tras esas palabras, Dante salió del dormitorio y cerró la puerta tras sí.

Mackenzi se quedó delante de la ventana con expresión de incredulidad. ¿Qué clase de gente tenía reuniones de negocios a las tres de la mañana? Y sintió como una bofetada la facilidad con la que él la había abandonado.

Se paseó por la habitación, encendió el televisor y zapeó. Por fin, cansada y aburrida, se puso el pijama de franela y se acostó. No estaba esperándole, se dijo a sí misma. No estaba desilusionada. En ese caso, ¿por qué sentía tanta frustración?

La luz de la mañana, filtrándose por los cristales, la despertó. Eso y el ruido de la ducha... y se maldijo a sí misma por haberse dormido. ¿Cómo no se había despertado cuando Dante se acostó?

Miró a su alrededor, pero las otras almohadas estaban como las había dejado la noche anterior, inmaculadas, igual que el resto de la cama.

Dante no se había acostado.

Él salió del cuarto de baño unos minutos después y se acercó al armario, cubierto sólo con una toalla atada a la cintura. Llevaba el cabello peinado con los dedos y aún mojado, el rostro sin afeitar y la piel que cubría sus músculos habría dejado extasiado a cualquier escultor. Y a cualquier mujer.

Y, sin embargo, no poseía una belleza clásica. Dante era duro y sólido como una roca. Con traje, su presencia era imponente; casi desnudo y recién duchado, parecía peligroso. Y ella quería volver a sentir ese peligro. Quería sentirle dentro de su ser.

Debajo del pijama, la piel empezó a arderle y los pechos se le hincharon. ¿Tenía Dante idea de lo mucho que le deseaba en ese momento? ¿Le importaría?

Mackenzi se incorporó ligeramente hasta sentarse en la cama, dejando a la vista el escote en forma de uve de la chaqueta del pijama. Dante le lanzó una mirada fría y calculadora.

–Buenos días. ¿Has dormido bien?

–Supongo que mejor que tú.

–Hemos estado trabajando toda la noche. Hay un problema con la zonificación, aunque Adrian cree que lo puede solucionar.

Dante se soltó la toalla, sin darle importancia, y dejó que cayera a sus pies. Ella se quedó sin respiración y tragó saliva al verle medio erecto.

Pero Dante, con apenas una mirada en su dirección, se puso unos calzoncillos de seda negros, frustrando las esperanzas de ella.

–¿Cuánto tiempo vas a estar fuera?

–El que sea necesario –respondió Dante mientras se ponía una camisa y la corbata–. ¿Por qué no te vas de compras? No has traído mucha ropa. Compra lo que quieras en la boutique del hotel y cárgalo a la cuenta de la habitación.

El timbre de la puerta sonó en el momento en que Dante acababa de terminar de ponerse el traje. Después de ir a abrir, volvió al dormitorio dando sorbos al café que tenía en la mano.

–He pedido que suban el desayuno –le dijo Dante mientras inspeccionaba el interior del portafolios y luego lo cerraba–. ¿Te parece bien café, cruasanes y algunas otras cosas?

¿Y nada de sexo? No, no le parecía bien.

–¿Y tú, no vas a desayunar aquí?

–Desayunaré durante la reunión –Dante se miró el reloj–. Llama al servicio de habitación para lo que necesites.

Mackenzi asintió, consciente de que el servicio de habitación no podía darle lo que quería.

El día no estaba yendo bien. Las regulaciones de la zonificación, que Adrian le había asegurado estaban bajo control, no lo estaban; y, para colmo, Quinn se estaba haciendo el duro, seguro de que había encontrado un fallo en el ataque del contrincante, cosa que era cierta.

Dante se estaba impacientando al ver que el trato, que en principio había creído estaba prácticamente hecho, corría peligro de no realizarse. Algo tenía que ceder, y no iba a ser él.

Sin embargo, a menos que encontrase un modo seguro de presionar, iba a perder aquella baza.

—Caballeros, señorita Turner —interrumpió Dante, mirando a su alrededor y por último a la secretaria de Quinn, cuando fue evidente que estaban atascados en las negociaciones—, creo que es hora de que reconozcamos que nos estamos perdiendo en los detalles. Sugiero que hagamos un receso y volvamos a reunirnos cuando estemos más descansados.

Todos asintieron y Dante añadió:

—Entretanto, me gustaría invitar a cenar a Stuart Quinn y a su esposa esta noche. Quizá, con una cena y un bueno vino, seamos capaces de llegar a un acuerdo; después, ya se encargarán nuestros equipos de esbozar los detalles. ¿Le parece bien?

Quinn vaciló un momento; pero, por fin, asintió. Debía de pensar que tenía a Dante en sus manos.

–Buena idea –repuso Quinn–. Hasta las ocho entonces.

–Ha sido una jugada magistral –le dijo Adrian a Dante mientras se dirigían al coche que les estaba esperando–. Entre los dos, tendremos a Quinn a nuestra merced.

Dante enderezó la espalda, molesto por la familiaridad de Adrian.

–No, tú no vas a venir –le respondió mirándole fijamente a los ojos–. Tú vas a dedicarte a perseguir a los políticos implicados en esto con el fin de conseguir el cambio en la zonificación.

–Pero... ¿la cena?

–Voy a ir con Mackenzi.

–No lo comprendo, es la oportunidad perfecta para que acorralemos a Quinn –protestó Adrian–. Dos contra uno. ¿De qué te va a servir ir con ella?

–No quiero que vengas a la cena esta noche –le dijo Dante a Adrian–. Ya te he dicho lo que quiero que hagas, así que hazlo.

–Pero...

–Eso es todo –le interrumpió Dante, despidiéndole al entrar solo en el coche.

Dante se reclinó en el respaldo del asiento y estiró la espalda. Adrian estaba perdiendo el sentido común. Llevaba años confiando en él, pero había llevado muy mal aquel asunto. No debería haber ido a Ashton House dejando a Adrian a cargo del asunto Quinn en un momento tan crítico de las negociaciones. Sin embargo, la idea de tomar posesión de Ashton House había sido la culminación de sus sueños y había querido ver ese lugar por última vez...

Antes de borrarlo de la faz de la tierra.

Se iba a volver loca.

Mackenzi se paseaba a lo largo de la pared de ventanales, aburrida hasta más no poder. Y cada vez más enfadada. ¿Para qué la había llevado Dante allí? ¿Para dejarla encerrada en la habitación de un hotel, esperándole, hasta que tuviera tiempo para ella?

Como habría hecho una amante perfecta, se había paseado por las boutiques, las tiendas de regalos y las joyerías del hotel hasta hartarse. Después, se había ido a pasear por las calles, a pesar del viento. Un súbito chaparrón la había hecho volver al hotel. Ahora eran las dos de la tarde, Dante se había marchado antes de las ocho y ella se estaba volviendo loca. Hacía veinticuatro horas que habían salido de Adelaide y él todavía no había requerido sus «servicios». Eso sí, seguía haciéndola esperar.

Se dejó caer en el sofá, empezó a manosear los flecos de un cojín e, insatisfecha, acabó tirándolo al otro extremo del sofá. Tenía que moverse, hacer algo.

¿Tan ocupado estaba Dante? ¿Qué había pasado con el fuerte y dominante invasor que había tomado posesión de ella al encontrarla dormida en su cama? ¿Dónde estaba el cruel salvaje que había amenazado con poseerla sin miramientos el día anterior en el despacho?

Debía haberse cansado de sus protestas. ¿Por qué, si no, la había ignorado tan completamente esa misma mañana, a pesar de estar él desnudo y medio excitado y ella, dispuesta, en la cama? Dante debía de estar pensando que llevarla allí había sido un error porque ya no la deseaba y ella no iba a salvar el hotel.

¡Maldito Dante!

Cuarenta y cinco minutos más tarde, cuando Mackenzi se encontraba más nerviosa e irritada que nunca, Dante regresó y apenas gruñó un hola al verla de pie junto a la ventana.

Fue la gota que colmó el vaso.

Mackenzi se encaminó hacia el dormitorio al tiempo que le lanzaba una frase que sabía que le molestaría después de haberle llamado cavernícola:

—¿Has tenido un buen día cazando dinosaurios?

Dante lanzó un gruñido. No estaba de humor para tonterías. Llevaba treinta y tantas horas sin dormir. Quinn se estaba haciendo el duro y Mackenzi, con sus ataques verbales, no le estaba facilitando las cosas. Como amante, le estaba decepcionando. Debería haberla poseído en la oficina, cuando se le había presentado la oportunidad, y someterla a su voluntad. En vez de eso, la había dado un respiro.

¿En qué había estado pensando? Era ella quien le había estado esperando en su cama, respondiendo ardientemente a sus caricias, accediendo a convertirse en su amante. Nadie ponía condiciones a Dante Carrazzo y menos una mujer que lo único que podía proporcionarle eran unas cuantas noches de placer.

Dante se sirvió un whisky y se lo bebió de un trago, agradeciendo el calor que le proporcionaba. El trato con Quinn estaba en peligro, cosa a la que no estaba acostumbrado, y para colmo esa mujer no hacía más que distraerle. ¿Cómo iba a concentrarse en un trato de quinientos mil dólares si no hacía más que pensar en cómo domar una lengua tan afilada como la de ella? Tenía otros planes para esa lengua, cosas que, del humor que estaba ella, no iba a poder disfrutar por el momento.

Oyó la puerta del armario de la habitación al cerrarse, luego el choque de metal contra metal.

–Si no te importa –dijo Dante alzando la voz y pensando que, al final, iba a tener que cenar con Quinn él solo–, preferiría que no siguieras haciendo comentarios de neandertales.

–¿No? –la oyó decir–. Lo siento, porque en estos momentos no estoy de humor para mostrarme sociable.

–No recuerdo haberte pedido que te muestres sociable.

Ella se acercó a la puerta y la cruzó con algunas cosas en la mano.

–Ah, claro, se me había olvidado, tú sólo esperas de mí que sea tu amante.

Dante lanzó un suspiro y se sirvió otro whisky. Cualquiera que les viera pensaría que eran un matrimonio, hartos el uno del otro. No le extrañaba no querer tener familia.

Dante se volvió y se puso a mirar por la ventana, irritado. Jamás ninguna mujer le había sacado de quicio. ¿Dónde estaba la apasionada mujer que había encontrado en su cama? ¿Qué le había pasado?

Quizá debiera enviarla de vuelta a su casa. Al fin y al cabo, no iba a cambiar de planes respecto al futuro de Ashton House y Mackenzi tampoco parecía estar disfrutando su papel.

Dante volvió la cabeza en dirección a la puerta de la habitación.

–No tuviste problemas en acceder a ser mi amante.

–Pero ahora sí los tengo –Mackenzi volvió a adentrarse en el dormitorio.

Dos minutos más tarde, Dante la vio pasar por la puerta; en esta ocasión, llevaba una esponja en la mano.

¿Qué estaba haciendo?

Tras media docena de pasos, Dante se encontró en el dormitorio y fue cuando vio la maleta de Mackenzi, llena, encima de la cama.

–¿Qué haces?

–¿Por qué?

Mackenzi cerró la maleta, la agarró y se volvió de cara a él. Sus mejillas estaban encendidas y los ojos despedían chispas.

–Esto ha sido un error, no debería haber venido. Y ahora, ¿si me dejas pasar...?

Dante no se movió, la cólera le tenía paralizado. Ninguna mujer abandonaba a Dante Carrazzo, ni siquiera una mujer a la que ya había decidido echar de su lado.

–Hemos hecho un trato.

–No creía que el trato consistiera en que yo me pasara todo el día sin hacer nada, esperando a que el amo se digne a requerir mis servicios.

Dante, acercándose, se inclinó sobre ella.

–Muchas mujeres lo considerarían un privilegio. Y tú disfrutaste ofreciéndome tus servicios.

Mackenzi alzó la barbilla.

–Estaba dormida.

–En ese caso, esperaré a que estés dormida –sugirió él–. Para empezar, discutirás menos.

–¡Y tú quizá deberías dejarte de tonterías y empezar de una vez!

Capítulo 7

S IN PREÁMBULOS, Dante la arrinconó contra la pared, sin darle tiempo a reaccionar. Y, al instante, le cubrió la boca con la suya en un ardiente y furioso beso mientras le arrancaba la ropa.

Ya había esperado más que suficiente. Ya había soportado demasiado. Había llegado el momento de demostrarle a esa mujer el motivo de que estuviera allí.

En vez de oposición, Dante se encontró con aceptación. El hambriento ardor de la boca de Mackenzi, el baile de su lengua, el calor de su cuerpo... todo indicaba que le deseaba.

Dante se deshizo de la blusa de ella y se llenó las manos con sus senos tras quitarle el sujetador. Mackenzi jadeó antes de que sus dientes encontraran los labios de él... y él saboreó su propia sangre.

Tenía el olor de Mackenzi en el cuerpo, su sabor en los sentidos, pero no era suficiente.

Con imparable deseo, Dante le subió la falda y le bajó la diminuta prenda que protegía su destino; entre tanto, Mackenzi trataba de quitarle la ropa con igual frenesí.

Dante se sintió liberado, los largos dedos de ella rodeándole, y apretó los dientes. Casi no podía soportarlo. Encontró el centro de ella, suave y dulce, y levantándola ligeramente, tomó posesión de aquella mujer.

Mackenzi gritó cuando él la penetró y echó la cabeza atrás.

–¿Te gusta esto? –preguntó Dante mirándola.

Mackenzi murmuró algo ininteligible antes de que él saliera de ella sólo para volver a penetrarla al instante. Mackenzi tembló y sus músculos se contrajeron, reclamándole, sujetándole, aprisionándole...

–Ahora dime que esto no te gusta –insistió él.

Dante se movió en el interior de Mackenzi sin darla un respiro.

–Dime que esto no te gusta si te atreves. ¡Dímelo! –exigió él, consciente de que no podía durar mucho más.

–Yo... no puedo –admitió ella casi sin respiración antes de dar con la cabeza en la pared, empapada en sudor, antes de dar un grito al alcanzar el éxtasis.

Dante estalló dentro de ella, recordando el motivo por el que había querido que Mackenzi le acompañara.

Permanecieron así durante un rato mientras sus cuerpos se recuperaban y el ritmo de sus respiraciones volvía a la normalidad. Dante, por fin, la hizo pisar el suelo, pero la vio temblar y continuó sujetándola. Al cabo de unos momentos, Mackenzi pareció ser capaz de sostenerse por sí misma y, soltándola, se separó de ella unos pasos.

Fue entonces cuando vio los ojos de Mackenzi llenos de lágrimas. Sorprendido, le rozó las mejillas.

—¿Estás llorando?

Mackenzi cerró los ojos con fuerza y negó con la cabeza.

—Dime, ¿qué te pasa? —insistió él.

Mackenzi le miró por fin, sus ojos brillantes como esmeraldas.

—Es sólo que... gracias.

A Dante se le hinchó el pecho de orgullo. La tenía en sus manos. Le duraría tanto como él quisiera, hasta que se cansara de ella. E iba a aprovechar la ocasión.

Sin embargo, cuando se separaron, fue cuando Dante se dio cuenta de lo que había hecho: se le había olvidado ponerse un preservativo.

Ella pareció notar su cambio, porque con mirada aprensiva le preguntó:

—¿Qué te pasa?

—No me he puesto el preservativo —respondió Dante, consciente de que la había asustado, por lo que le acarició la mejilla—. ¿Estás tomando la píldora?

Mackenzi asintió mecánicamente.

—La píldora... —repitió ella en voz baja y perezosa, con los labios hinchados y enrojecidos.

Entonces, la vio fruncir el ceño y no pudo evitar darle un beso en la boca, tras lo que le sonrió con ternura, contento de que ella hubiera tomado precauciones.

–Los dos hemos perdido la razón. Sin embargo, te prometo que no volverá a ocurrir.

Dante la tomó en sus brazos y la llevó al cuarto de baño; allí, le quitó el resto de la ropa y la llevó a la ducha con él. La enjabonó y le acarició todo el cuerpo. Después, la dejó que le enjabonara a él, deleitándose con la fascinación que vio en los ojos de ella mientras Mackenzi descubría su cuerpo.

Después, de vuelta en el dormitorio, Dante la depositó en la enorme cama y, en esa ocasión, sí sacó un preservativo del cajón de la mesilla de noche. No iba a cometer el mismo error.

–Déjame a mí –dijo ella nerviosa.

Y Dante le permitió que le pusiera el preservativo antes de volver a enterrarse dentro de ella.

Mackenzi se dio una ducha y se puso a deshacer la maleta con cuidado de no despertarle. Dante le había pedido que le despertara a las siete porque iban a salir a cenar.

La piel aún le cosquilleaba y sus músculos interiores se tensaban sólo con recordar lo que había sentido al tenerle dentro.

¡Cómo le había deseado! Jamás había sentido un deseo semejante por un hombre, jamás se había sentido tan consumida por la pasión.

Sonrió al sacar de la maleta el vestido negro con incrustaciones, que se puso inmediatamente. Ya no se sentía frustrada; por el contrario, se sentía viva, satisfecha y sensual, dolorida en partes que no le permitían olvidar lo que habían hecho juntos y sintiéndose más mujer que nunca.

Al subirse la cremallera del vestido, le dio la sensación de que le estaba más justo que antes y, por un momento, se asustó; pero entonces, al mirarse en el espejo, sonrió. Quizá fuese mejor que le quedara algo más justo.

Se recogió el cabello en un moño suelto, dejando que algunas hebras le cayeran por el rostro, y a continuación se maquilló. Su aspecto era diferente, pensó al examinar el resultado.

Su sonrisa se amplió. Ser la amante de un hombre tenía su lado bueno.

Y ahora que ya habían solucionado el asunto del sexo y que pensaba con más claridad, podía reflexionar respecto a qué estaba haciendo allí. Dante parecía razonablemente satisfecho con sus servicios y, si continuaba complaciéndole en la cama, antes o después tendría la oportunidad de hablar con él y de hacerle ver lo estúpido que era destruir un hermoso edificio que daba tanto placer a tanta gente. Quizá lograra hacerle cambiar de planes respecto al futuro de Ashton House.

Estaba cerrando el neceser cuando encontró las píldoras anticonceptivas. Le había dicho a Dante que estaba tomando la píldora, por lo que era una suerte no habérselas dejado olvidadas. Después de servirse un vaso de agua, iba a meterse una píldora en la boca y fue cuando lo notó: ése no podía ser el día...

Debía de haberse olvidado una. Pero, al instante, se dio cuenta de su error: no se había saltado una, sino dos. La primera fue la noche en el hotel, cuando Dante la encontró en su cama; la segunda, la noche que llegaron a Auckland.

¡Y le había dicho que no se preocupara, que estaba tomando la píldora!

Mackenzi se sentó en el borde de la bañera. ¿Debería decírselo? Eso no serviría a su causa. ¿Debía esperar? No tenía sentido preocuparle innecesariamente, ¿no? Además, algo le decía que a Dante no iba a gustarle nada oír aquello. Por otra parte, ¿qué probabilidad había de que se hubiera quedado embarazada? Al fin y al cabo, la gente pasaba meses y meses intentándolo.

Mackenzi se miró el reloj. Era hora de despertar a Dante. Se puso en pie, algo nerviosa, pero casi convenciéndose a sí misma de que no pasaría nada, se tomó dos píldoras. Sí, no pasaría nada, la vida no podía ser tan cruel.

Se acercó a la cama y pronunció el nombre de Dante con voz queda. Él no se movió, por lo que volvió a llamarle; esta vez, alzando algo la voz.

Dante continuó durmiendo. Estaba muy guapo dormido. Ella se sentó en la cama, a su lado, le puso suavemente la mano en un hombro y bajó la cabeza para aspirar su aroma.

Con los labios, le rozó la mejilla.

–Dante –murmuró Mackenzi antes de besarle la comisura de los labios.

De repente, Dante le rodeó el cuello con un brazo y tiró de ella hacia sí para besarla. Después, con un rápido movimiento, Dante la tumbó, se colocó encima de ella y la besó sin compasión, intoxicante y profundamente.

Mackenzi no recordaba cuánto duró el beso, no tenía ni idea. Había perdido el sentido del tiempo y había abandonado la idea de no estropearse el maquillaje. Lo único que sabía era que, cuando él por fin se apartó, se sentía sin respiración, mareada y más excitada que nunca, a pesar de haber tenido dos orgasmos ese día.

Con el rostro cerca del de ella y los ojos llenos de deseo, Dante le dijo:

–A esto le llamo yo despertarse bien. Estás... para comerte –entonces, frunció el ceño–. ¿De cuánto tiempo disponemos?

–Del suficiente –respondió ella.

Dante sonrió y volvió a besarla.

–Me ha gustado tu respuesta –añadió él antes de destruirle el maquillaje por completo.

–Stuart Quinn es el propietario y director de Quinn Boatbuilding Enterprises aquí en Auckland –le explicó Dante durante el trayecto al restaurante–. Quinn tiene una franja de doscientos metros de longitud en el puerto, en una zona perfecta para construir. Por otra parte, su negocio no va bien, necesita actualizarse. Quinn no tiene capital para hacerlo y no está teniendo éxito para conseguir un préstamo; sin embargo, está haciendo todo lo posible para evitar venderme a mí. Con este fin, ha llegado incluso a echar mano de sus contactos en la administración para que se opongan a los cambios en zonificación que me permitirían edificar allí.

–¿Por qué no consigue que le presten dinero? Sólo el terreno debe de valer una fortuna.

–Porque ya tomó prestado mucho dinero, avalándolo con el terreno, para invertirlo en el negocio de su hijo, y todo salió mal. El banco se niega a prestarle más dinero.

Mackenzi frunció el ceño.

–¿Cómo sabes todo eso?

–Muy sencillo, soy un importante accionista de ese banco.

–Así que... ¿has intervenido para que no le presten más dinero?

–El banco necesita repartir beneficios entre sus accionistas. No es bueno para el negocio hacer préstamos de alto riesgo.

–Oh, por el amor de Dios, al menos podrías darle la oportunidad de defenderse, ¿no?

–Oye, yo no he llegado adonde he llegado quedándome sentado y esperando a que me lo sirvieran todo en bandeja. El mundo no funciona así. Si uno quiere algo, tiene que ir a por ello. Y si no lo consigues, es que no lo has hecho bien y no lo mereces.

Mackenzi recordó lo cruel que Dante Carrazzo podía llegar a ser.

–En resumen, tú estás empeñado en que Quinn no reciba un préstamo y él está empeñado en que tú no obtengas permiso para construir. En mi opinión, sois tal para cual.

Dante lanzó un gruñido.

–Por lo que a ti concierne, sólo tienes que preocuparte de ser amable con Christine, la esposa de Quinn, que va a venir a la cena. Yo me ocuparé de Quinn.

–Querrás decir que te encargarás de presionarle, ¿no?

–De persuadirle, diría yo.

–Sí, claro. Dime, ¿va a estar Adrian presente también?

–¿Por qué lo preguntas?

Mackenzi volvió la cabeza hacia la ventanilla, fingiendo interés en las oscuras aguas del puerto ahora que estaban llegando a su destino.

–Como es tu mano derecha y demás...

–No –respondió Dante–. Adrian no va a venir a la cena.

Mackenzi sintió un gran alivio. No le caía bien Adrian y era mutuo. Estaría más relajada sin él.

Dante detuvo el coche delante de un restaurante del puerto. Stuart y Christine Quinn estaban sentados en el bar, esperándoles. Stuart era un hombre de cabello cano y piel arrugada con ojos inteligentes. Christine, enfundada en un traje azul, era todo elegancia; unas pequeñas líneas alrededor de la boca eran la única señal de envejecimiento en su agradable rostro.

A Mackenzi le gustó esa mujer de inmediato.

–Qué nombre tan poco corriente para una mujer –dijo Christine con honestidad una vez concluidas las presentaciones–. Me parece que nunca había oído ese nombre como nombre de pila.

–Es una tradición en mi familia, reservada a los varones primogénitos –le explicó Mackenzi.

–¿Y tus padres decidieron romper la tradición?

–Más o menos. Yo fui concebida por inseminación artificial ya que mis padres no parecían lograrlo por métodos naturales. Como pensaron que lo más seguro era que ya no pudieran tener más hijos, me pusieron este nombre, aunque añadieron un Rose para darle un toque femenino.

–Entonces, ¿te llamas Mackenzi Rose? –dijo Christine asintiendo–. Vaya, me gusta. Y me parece que va contigo.

Unos minutos más tarde, les llevaron a su mesa, junto a la pared de cristal con vistas al puerto, las luces de las casas brillando en la superficie del agua en la distancia.

–Dime, Dante, ¿qué estamos haciendo aquí esta noche? –preguntó Stuart Quinn con voz grave y expresión seria después de haber pedido la cena–.

Creo que está bastante claro que las negociaciones se han estancado.

Mackenzi sintió a Dante, a su lado, ponerse tenso.

–Siempre he creído que hay una solución para todo. Estoy seguro de que podríamos solucionar el problema considerando la situación desde otro ángulo.

–La cuestión es que yo no quiero venderte a ti mi propiedad. Y la razón es porque no quiero que se destruya mi astillero y que, en su lugar, se levanten esos edificios de apartamentos que tú construyes. Si pensabas que apareciendo aquí con una hermosa mujer del brazo ibas a conseguir hacerme cambiar de idea, te has equivocado. Ese astillero lleva ahí casi setenta y cinco años, se merece algo mejor que ser borrado de la faz de la tierra.

Dante apretó los labios.

–En ese caso, ¿por qué no aceptas el dinero que te he ofrecido y montas el astillero en otra parte?

–¿Por qué iba a hacerlo cuando me gusta el lugar donde está?

Dante movió la servilleta de su sitio encima de la mesa.

–¿Por qué tiene que tratarse de negocios esta cena?

–¿Es que no se trata de negocios? –Quinn se volvió hacia Mackenzi–. Dígame, joven, ¿qué papel juega usted en todo esto? ¿A qué ha venido, a ser amable conmigo, coquetear y convencerme de que haga negocios con Dante Carrazzo a toda costa?

–¡Stuart! –exclamó Christine.

–No, todo lo contrario –respondió Mackenzi–. A juzgar por mi experiencia con Dante, creo que lo mejor para usted sería intentar presionar o incluso buscarse a otra persona con quien hacer negocios.

Mackenzi sintió los ojos de Dante en ella, amenazantes.

–¿En serio? –dijo Stuart–. ¿Y cómo cree usted que podría mejorar mi posición en este asunto con Dante?

Mackenzi miró alrededor de la mesa antes de contestar:

–Quizá esto les parezca una locura; sin embargo, por lo poco que sé del negocio, me pregunto si no habría ventajas para los dos si decidieran un nuevo plan de desarrollo de la zona.

Quinn alzó las manos al aire.

–No me interesan los bloques de apartamentos. Y los cambios en zonificación no permitirían tantos residentes. En lo que a mí respecta, Carrazzo no puede hacer nada según el reglamento de zonificación vigente.

–En ese caso, quizá debiera cambiarse. ¿Por qué no ser socios en el nuevo proyecto? Por lo que sé, hay terreno más que suficiente para un astillero modernizado y para un complejo de apartamentos. Quizá con el astillero entre los edificios con el fin de darle unidad al complejo, ¿no? De esa forma, nadie sale perdiendo y todos se benefician. Además, así le resultaría más fácil a Dante lograr el cambio en la zonificación.

–Mackenzi –interrumpió Dante–, es suficiente.

Entonces, volviéndose hacia Quinn, añadió:

–Como Mackenzi ha dicho, ella no sabe nada sobre los detalles del proyecto.

Pero Quinn le ignoró y continuó mirándola a ella con expresión reflexiva.

–No es lo que esperaba, joven. Su idea tendría peso con los encargados de la zonificación. El problema es que tanto a Carrazzo como a mí nos gusta hacer las cosas solos y a nuestra manera. Incluso aunque la idea fuera buena, no sé si podríamos trabajar juntos. ¿Qué opinas tú, Carrazzo?

Mackenzi se volvió hacia Dante y notó su tensa mandíbula y sus ojos fríos y duros como el hielo. Fue entonces cuando se dio cuenta de que se había excedido en el papel que le correspondía representar esa noche.

–Creo que quizá deberíamos olvidarnos de los negocios y disfrutar la cena –respondió Dante tras unos segundos de silencio.

–¿En qué demonios estabas pensando?

La cena había concluido, una agradable velada si se ignoraba la aprensión por ambas partes. Una pena, ya que había sido imposible ignorarlo. Dante había guardado silencio durante el trayecto al hotel. Ahora estaba ahí de pie, en la suite, con un vaso de whisky en la mano y la otra encima de un sillón.

—¿A qué te refieres?

—A tu sugerencia de colaboración. ¿Cómo se te ha ocurrido semejante cosa?

Mackenzi se encogió de hombros antes de dejar caer el bolso en la mesa de centro; después, movió el cuello a un lado y a otro para aliviar la tensión.

—No lo sé. Me ha parecido lógico. Quinn necesita dinero para modernizar su negocio de construcción de barcos, que está en baja porque no tiene medios para comprar maquinaria nueva porque tú estás bloqueando que le concedan un crédito; entretanto, tú quieres convertir sus astilleros en un desierto de bloques de apartamentos en la zona portuaria. ¿Por qué no construir un complejo que incluya tanto apartamentos como un astillero que forma parte del puerto desde hace setenta y cinco años?

—No me interesa la construcción de barcos.

—Eso ya lo sé. A ti no te interesa construir nada.

—Eso son tonterías. ¡He amasado una fortuna de la nada!

—¿Y para qué? ¿Para destruir toda propiedad interesante que cae en tus manos? ¿Cuántos hoteles has destruido hasta el momento?

—Construyo en esos terrenos...

—¿Qué es lo que construyes? ¿Bloques y bloques de apartamentos? Eso no es construir. Y ahora estás dispuesto a hacer lo mismo con Ashton House y con Quinn Boatbuilding.

—¡Ashton House no tiene nada que ver con Quinn Boatbuilding!

–¿No? Pareces decidido a destruir todo lo que tocas...

–¿Me has oído? ¡He dicho que no tiene nada que ver!

Mackenzi parpadeó, preguntándose qué sentimientos estaba viendo en la mirada de él, preguntándose qué significaría eso para ella en lucha por conseguir conservar Ashton House.

–¿Qué quieres decir exactamente? ¿Cuál es la diferencia?

Dante se dio media vuelta.

–Son diferentes, créeme.

Ella dio un paso hacia Dante. Quería saber. Necesitaba saber.

–No lo comprendo.

–Y yo no comprendo por qué has dicho a Quinn lo que le has dicho. Espero algo más de alguien que, supuestamente, está en mi equipo.

–Estaba en tu equipo hasta que me despediste, ¿o no te acuerdas? Ahora trabajo en mi equipo para conseguir lo que yo quiero.

–¿Y qué es lo que quieres, estropearme un negocio en un momento crítico de las negociaciones?

–Sabes perfectamente lo que quiero: que no destruyas Ashton House. Quiero que veas la locura que es eso.

Dante sacudió la cabeza al tiempo que se acercaba a ella y la miró con expresión triunfal.

–No, no es eso. Quieres creer que estás aquí por una causa noble, pero yo sé lo que quieres realmente. Lo has dejado muy claro durante estas últimas veinticuatro horas con tus intentos de seducción. Eso era lo que estabas intentando hacer esta mañana cuando has dejado caer las sábanas para enseñarme el escote.

Mackenzi estaba temblando de pies a cabeza, asustada por la verdad que había en las palabras de él, asustada de que Dante la conociera tan bien y sin querer creer que su deseo hubiera sido tan transparente.

–Y al no salirte bien la jugada, desesperada, fingiste querer marcharte para que yo me enfadara e intentara impedírtelo. Que es justo lo que yo hice, por suerte para los dos.

–No, iba a marcharme –respondió ella con honestidad–. Estaba harta.

–Pero no estás harta, ¿verdad? Admítelo, Mackenzi, no estás aquí para salvar Ashton House. Estás aquí porque me quieres en tu cama... o arrinconándote contra la pared... ¡O de cualquier forma!

Capítulo 8

LAS DURAS palabras de él la cortaron como un cuchillo... porque Dante estaba equivocado. Ella quería salvar Ashton House, por eso estaba allí, por eso había hecho ese trato con él.

Sin embargo, Dante tenía razón en parte. Porque ella había estado dispuesta a abandonar su empresa al no poder soportar más la tensión producida por la espera a que Dante requiriera sus servicios como amante, a que Dante la poseyera de nuevo.

–Piensa lo que quieras –susurró ella–. Pero voy a decirte una cosa: sea cual sea la razón por la que estoy aquí, no es para ayudarte en tus negocios. Si tan decidido estás a destruir cualquier negocio que se interpone en tu camino, si tan ciego estás que no puedes ver las ventajas de colaborar con Quinn en vez de destruir su astillero, es que no mereces estar en el mundo de los negocios.

–Tú no sabes nada de eso.

–Al menos sé que alguien debería haberlo considerado. El instinto me dice que si tú pudieras presentar una propuesta que incluyera el astillero de Quinn, modernizado, como parte integrante del diseño del nuevo complejo en esa zona portuaria, lograrías el apoyo del resto de los constructores de barcos de la ciudad y del cuerpo administrativo encargado de la zonificación de esa área porque, en definitiva, te verían como a alguien de los suyos.

–Eso son especulaciones.

–Naturalmente. Pero sospecho que, si jugaras bien tus cartas, lograrías doblar el precio de tus preciosos apartamentos... aunque sólo logres permiso para construir la mitad de los que tenías pensados. Desde el punto de vista financiero, el negocio podría ser muy diferente al que tenías pensado originalmente, pero podrías también obtener beneficios de Quinn Boatbuilding. Además, reconócelo, ¿cómo si no vas a lograr que cambien la zonificación? Quinn parece pensar que sería una buena solución.

–Te estaba siguiendo la corriente.

–¿Sí? Al menos estaba dispuesto a escucharme, al contrario que tú. En fin, dejémoslo; además, es muy posible que a Quinn le vaya mejor no teniendo tratos contigo. Y ahora, si me disculpas, me voy a la cama, estoy muy cansada.

Dante dio unos pasos hacia ella mientras se desabrochaba el botón del cuello de la camisa y se quitaba la corbata.

–Creo que es la mejor idea que has tenido esta noche.

Las mejillas de Mackenzi se encendieron cuando

él se la acercó y retrocedió. ¡Tenía que ser una broma! A pesar de las acusaciones de él respecto a lo que la había llevado a ir allí, no estaba dispuesta a acostarse con él esa noche. Por eso, alzando la barbilla con gesto desafiante, dijo:

–He querido decir sola.

–Y yo –Dante apuró la copa de whisky y, dándose media vuelta, se encaminó hacia el despacho–. Vamos, ponte la coraza de franela y no me esperes.

Mackenzi no le esperó, aunque tampoco podía conciliar el sueño pensando en ese hombre.

¿Por qué le molestaba tanto que no hubiera insistido en acostarse con ella?

Dante encendió el ordenador portátil y abrió los archivos de la «operación Quinn». Mackenzi no sabía de lo que había estado hablando y se lo demostraría. Tenía que hacerlo, por si a Quinn se le metía en la cabeza que la idea de ella era interesante y le ponía más difícil cerrar el trato original.

La situación se había complicado; sobre todo, debido a lo mal que Adrian había llevado el asunto de la zonificación.

Estaba a punto de amanecer cuando Dante apartó el asiento del escritorio y dio por concluido el trabajo.

Bebió un sorbo del café que le acababan de llevar a la habitación y descorrió las cortinas de las ventanas. Había llovido durante la noche y el cielo estaba encapotado. Clavó los ojos en el puerto, el corazón de Auckland, del que quería un pedazo.

Y ese día iba a conseguirlo.

Dante abrió su teléfono móvil, pulsó unas teclas y, al tercer timbrazo, le contestaron.

–Adrian, ¿tienes lo que quiero?

–Estoy en ello –respondió Adrian con una nota de cansancio en la voz–. Me he citado hoy con uno de los políticos para ver si puede ejercer alguna influencia respecto al cambio de zonificación.

–En resumen, no tienes nada concreto.

–Como te he dicho, estoy en ello –respondió Adrian tras unos segundos de vacilación–. Estas cosas llevan su tiempo.

–No tenemos tiempo. Cancélala.

–¿Qué has dicho?

–Que canceles la cita –le dijo Dante–. Quiero que hagas otra cosa...

Dante se dio cuenta enseguida de que Mackenzi no había dormido bien; lo notaba en que las almohadas estaban por toda la cama y en lo retorcidas que estaban las sábanas.

Respiró profundamente, con el fin de despejar su mente de todo lo relacionado con el trabajo, pero lo único que consiguió fue llenarse del perfume de ella, incitante y excitante. Se la quedó mirando, dormida, mientras se desabrochaba la camisa, y el deseo le provocó una erección.

¿Estaría aún enfadada con él cuando se despertara? En cierto modo, eso era lo que esperaba. Le gustaba encolerizada; sobre todo, cuando convertía a su amante en una tigresa.

No dejó de mirarla mientras se quitaba la ropa. Mackenzi era hermosa, dormida o despierta, desde su ligeramente torcida nariz a las pintadas uñas de los pies. Enfadada o no, seguía siendo su amante e iba a aprovecharse de ello.

Dante se deslizó en la cama y, apoyándose en un codo, absorbió el calor del cuerpo de Mackenzi mientras se la acercaba. Le puso una mano en la cadera, incapaz de resistirse a la sensual curva. Ella se movió y sus vivos ojos verdes se abrieron; al principio, adormilados; después, mostrando asombro.

Mackenzi fue a apartarse de él, pero Dante se lo impidió. Entonces, inclinándose sobre ella, le dio un suave beso en la boca.

–¿A qué viene eso? –preguntó Mackenzi subiéndose la ropa de la cama a modo defensivo.

–Ha sido una forma de agradecimiento.

Los ojos de Mackenzi empequeñecieron.

–¿Por qué?

–Porque me parece que has salvado el negocio.

Mackenzi se incorporó, apoyándose en un codo, pero su expresión seguía mostrando cautela y cierta hostilidad. Después, sacudió la cabeza y se apartó un mechón de cabello del rostro.

–No hablas en serio, ¿verdad?

–Totalmente en serio. Puede que no sea fácil, pero podría funcionar. Adrian se va a reunir con Quinn hoy.

–Me parece bien. Me alegro por Stuart Quinn y por sus empleados... supongo.

Dante aspiró y soltó el aire despacio.

–Debería haberte prestado atención –admitió él al tiempo que deslizaba la mano por debajo del pijama de ella para acariciarle la cintura.

–Sí.

La mano de Dante le subió por el costado, acariciándole un pecho con los dedos. La respiración de ella se hizo más sonora.

–Y... lo siento. Reconozco que estaba equivocado.

–¿Te estás disculpando?

Dante sonrió.

–Sí, pero que no se entere nadie –Dante le cubrió un pecho con la mano y, al sentir el pezón erguirse, deseó mucho más. Al instante, bajó la ropa de la cama, le subió la camisa del pijama a Mackenzi y cubrió un pezón con la boca–. No estaba seguro de que Mackenzi fuera el nombre apropiado para ti, pero Rose sí lo es. Le van muy bien a estos...

Al instante, Dante besó el otro pezón y ella jadeó.

–¿Qué hora es? –preguntó Mackenzi.

–Casi las seis –susurró él jugueteando con los pechos de ella.

–¿Y acabas de acostarte? –preguntó Mackenzi con la respiración entrecortada.

–Sí.

–¿Te has pasado la noche trabajando?

Dante se llenó la boca de ella, chupándola, soltándola, al tiempo que bajaba la mano por el cuerpo de Mackenzi.

–Culpable.

–¿Estás seguro de que no eres un murciélago?

Dante lanzó una carcajada.

–Sí, seguro –le aseguró él deslizando la mano por los pantalones del pijama hasta cubrirle la entrepierna–. Entonces... ¿aceptas mis disculpas?

–No sé...

Dante paseó la boca por los pechos de ella hasta ascender a su garganta para después cubrirle los labios y acariciárselos con la lengua.

–¿Puedo ayudarte a decidir?

Mackenzi recostó la cabeza en la almohada y se abrió de piernas.

–Puedes intentarlo...

El teléfono la despertó, Dante contestó con un tenso:

–¿Sí?

Y, al momento, Dante se sentó en la cama y plantó los pies en el suelo.

Con ojos adormilados, Mackenzi miró el reloj y vio que ya eran las diez. Volvió a descansar la cabeza en la almohada, cansada después de un sueño inquieto y de un despertar de madrugada apasionado. Pero el recuerdo del despertar la hizo sonreír. ¿Cómo era posible que el sexo estuviera mejorando después de que la primera vez hubiera sido tan maravillosa? Pero era mejor aún, y Dante se había mostrado tierno y dulce, un Dante Carrazzo muy diferente al que creía conocer.

Se marchó al cuarto de baño mientras él seguía ocupado y abrió el grifo de la ducha, pensando que había sido seducida por un maestro de la seducción.

Cuando salió del baño al cabo de diez minutos, vio que Dante aún seguía al teléfono. Adivinó que estaba hablando con Quinn, cosa que Dante corroboró al mirarla y cruzar los dedos con una sonrisa.

El corazón le dio un vuelco y, sintiéndose insegura de repente, Mackenzi se dio media vuelta y regresó al cuarto de baño.

Dante la encontró allí unos minutos más tarde.

–¿Te encuentras bien? Estás muy pálida.

Mackenzi le ofreció una sonrisa mientras se secaba el cabello con una toalla.

–Sí, me encuentro perfectamente –mintió ella.

–Estupendo –dijo Dante abriendo el grifo de la ducha–. Porque Quinn quiere invitarnos a todos hoy a dar un paseo en su barco. Está entusiasmado con el nuevo trago, pero insiste en que tú estés presente.

Mackenzi asintió, haciendo un esfuerzo por calmar el ritmo de los latidos de su corazón. Esa sonrisa de Dante. Fuera lo que fuese lo que la había hecho sentir, era una aberración. Una equivocación.

–Stuart Quinn me cae bien –dijo ella antes de salir del cuarto de baño–. Me alegro de ir.

–Ah, espera –dijo Dante antes de que ella pudiera cerrar la puerta tras de sí–. He pedido una cosa para ti del servicio de habitación. Estará aquí pronto.

Bien, pensó Mackenzi mientras rebuscaba entre la poca ropa que tenía, porque estaba muerta de hambre. Entretanto que esperaba, eligió unos pantalones y un jersey. No tenía nada más; además, no sabía qué ropa era apropiada para un barco.

Antes de terminar de vestirse, apareció un camarero del hotel con un carrito lleno de comida, y el estómago de ella rugió.

El camarero dejó las bandejas cubiertas encima de la mesa del comedor, sirvió dos cafés y se marchó. Entonces, Dante se reunió con ella, envuelto en un albornoz blanco y fresco de la ducha. De nuevo, ella sintió el efecto de ese hombre en el ritmo de los latidos de su corazón. El albornoz blanco contrastaba con la morena piel de él. Dante podía haber sido modelo de publicidad, anunciando espuma de afeitar, loción para después del afeitado, pasta de dientes o cualquier otro producto, y habría tenido a las mujeres haciendo cola. Era sumamente atractivo.

–¿Tienes hambre? –preguntó él mientras se sentaba.

–Estoy desfallecida.

–En ese caso, adelante –dijo él, indicando las diferentes bandejas con un gesto con la mano.

Era evidente que ella debía mostrarse impresionada por el banquete que Dante había pedido, pero realmente le importaba poco ya que tenía tanta hambre que habría comido cualquier cosa. No obstante, le siguió la corriente. Al levantar la primera tapa, vio en la bandeja huevos revueltos con salmón; bajo la segunda tapa encontró beicon y champiñones. Había tortitas en la tercera bandeja, y un cuenco de fresones y un frasco con sirope. Casi se le caía la baba cuando levantó la cuarta tapadera...

–¿Qué es esto? –preguntó Mackenzi con los ojos fijos en la plana caja que ocupaba el centro de la bandeja–. Dante...

–Es una sorpresa –respondió él–. Abre la caja.

Mackenzi sacudió la cabeza.

–No lo comprendo.

–Ábrela.

Con manos temblorosas y la garganta seca de repente, Mackenzi agarró la caja y la abrió. Dentro estaba el colgante de esmeraldas más bonito que había visto en su vida. Era una esmeralda grande, rodeada de pequeños diamantes, que colgaba de una fina gargantilla de oro. Al lado, había unos pendientes haciendo juego.

Mackenzi, con el ceño fruncido, sacudió la cabeza.

–No lo entiendo. ¿De dónde ha salido esto?

–De la joyería del hotel. Acéptalo. No es más que un detalle –dijo él.

–¡Que no es más que un detalle! Es magnífico.

Dante, que había acudido a su lado, agarró la gargantilla de la caja e, inclinándose, se agachó para ponérsela. A ella le cosquilleó todo el cuerpo al sentir los dedos de él en la garganta... y también sintió la frialdad y el peso de la piedra preciosa en la piel. Acarició la piedra con un dedo mientras él, poniéndole los pendientes, transformaba sus oídos en zonas erógenas. Después, tomándole la mano, Dante la hizo levantarse de la silla y la llevó hasta un espejo que colgaba de la pared.

–Quería algo que hiciera juego con tus ojos –le dijo Dante, echándole el cabello hacia atrás–. ¿Te gusta?

Las joyas realmente hacían juego con el color de sus ojos, ensalzándolos. ¿Cuánto habrían costado? Demasiado, lo sabía. Y aceptarlas le costaría a ella aún más.

–El juego es precioso –admitió Mackenzi–, pero ésa no es la cuestión.

–Sí lo es –respondió Dante acariciándole los hombros antes de besarle la garganta–. Eres mi amante. ¿Por qué no puedo mimarte? Sobre todo, cuando has salvado un negocio de la catástrofe.

Las manos de Dante conferían calor a sus hombros, la piel aún le cosquilleaba tras sus caricias y, sin embargo, las palabras de él fueron como un jarro de agua fría. ¿Así que aquellas joyas eran el precio que él pagaba por los servicios prestados?

Era una equivocación. Un regalo tan precioso debía hacerse por amor; de lo contrario, perdía valor.

Ella perdía valor.

No era la recompensa que había esperado.

–Dante, estas joyas son preciosas –admitió Mackenzi, y por un momento vio un brillo de triunfo en los ojos de él–, pero no puedo aceptarlas. Yo no accedí a ser tu amante para que me hicieras regalos y, si te sientes generoso, preferiría otro tipo de regalo.

Mackenzi se apartó de él, se desabrochó la gargantilla, se quitó los pendientes y depositó el juego en la caja.

Él la observó por el espejo, su mirada enfriada y la mandíbula tensa.

–¿Y ese regalo es...?

Mackenzi le miró, presintiendo la tormenta que se avecinaba.

–Sabes por qué estoy aquí. Me prometiste que volverías a considerar tus planes respecto a Ashton House.

Dante se volvió, señalando la caja que ella aún tenía en las manos.

–¿Y eso me impide que te dé nada más?

–Eso significa que no voy a dejarme comprar tan fácilmente.

–¿Crees que te estoy comprando?

–¿No lo estás haciendo? Escucha, Dante, a mí me importa Ashton House, no unas insignificantes joyas a cambio de acostarme contigo.

–¡Insignificantes joyas! –exclamó Dante quitándole la caja de las manos antes de arrojarla a la bandeja.

–Y te agradecería que me dijeras si has reconsiderado tus planes respecto a Ashton House.

Dante volvió a sentarse a la mesa.

–No.

–¿Ese «no» qué significa, que todavía no lo has pensado o que no quieres decírmelo?

–Te informaré de mi decisión cuando la haya tomado. Y ahora, será mejor que desayunes antes de que la comida se enfríe.

Capítulo 9

LAS NUBES habían desaparecido y el sol brillaba sobre las aguas del puerto Waitemata de Auckland. La potente lancha motora se deslizaba velozmente y Mackenzi agradeció el viento en el rostro.

Cuando el aire se tornó más fresco, Christine y Mackenzi se refugiaron en el salón, de suelo de madera y lujosos tapizados. Si eso era salir en barco, Mackenzi no tenía quejas.

Dante se quedó con Quinn, a cargo del timón, charlando sobre barcos. A su lado, impasible y con cara de pocos amigos, estaba Adrian.

La lancha aminoró la velocidad al acercarse a una arenosa costa en la isla Motuihe. Después de amarrar, unos empleados de Quinn fueron a las verdes colinas detrás de la playa para preparar la comida. El lugar era soleado y perfecto para un almuerzo campestre.

—Es una lancha impresionante —dijo Dante mientras se preparaban para desembarcar en el pequeño embarcadero.

—Por eso quería que la vieras. Este prototipo es

sólo un ejemplo de lo que podemos construir una vez que modernicemos la maquinaria. Hasta entonces, no tenemos los medios de producción necesarios para lograr un volumen de negocio que nos dé beneficios.

—¿Cuánto dinero necesitas para la nueva maquinaria?

Quinn le dio una cifra que hizo que a Mackenzi le diera vueltas la cabeza y que Adrian frunciera el ceño, pero Dante apenas parpadeó. Claramente, Dante había pensado en una cantidad semejante.

—Debo admitir que no me sorprendió demasiado recibir tu llamada esta mañana —añadió Quinn mientras se sentaban a la mesa de picnic—. Sabía que no te das por vencido fácilmente, aunque sí me ha sorprendido tu proposición. Creía que te oponías por completo a la idea de incorporar un astillero en tu complejo negocio.

Dante se recostó en el respaldo de la silla y le lanzó una mirada a ella. A pesar de llevar gafas de sol y de la tensión entre ambos a partir del desayuno, a ella le hormigueó el estómago igual que por la mañana cuando él le sonrió.

—Al principio, no me hizo demasiada ilusión. Pero después, recapacitando...

Adrian lanzó un gruñido mientras Quinn, siguiendo la mirada de Dante, reía y le guiñaba un ojo a ella.

—Dime, Mackenzi, ¿a qué te dedicas? —le preguntó Quinn—. Dado tu interés en el tema, supongo que trabajas en algo relacionado con el negocio inmobiliario, ¿no?

–Mackenzi era la mánager de un hotel en Adelaide –contestó Dante.

Ella sonrió, preguntándose por qué ser la amante de Dante parecía darle derecho a hablar por ella.

–Eso es –respondió Mackenzi volviendo el rostro a Dante–. Aunque en este momento, estoy buscando otro trabajo. ¿No es verdad, Dante?

Pero antes de que Dante pudiera contestar, ella se volvió a Christine y añadió:

–Es un hotel precioso, Ashton House, en Adelaide Hills. ¿No has oído hablar de él?

–Sí, claro que sí, sé el hotel que es –respondió Christine–. ¿No te acuerdas, Stuart? Fuimos allí de invitados a la boda de Lennon-Groves, que se celebró en los jardines del hotel. Fue una boda preciosa. Es un lugar magnífico.

Quinn asintió y luego sonrió.

–Ah, sí, un sitio muy bonito. Y qué vistas.

Mackenzi lanzó una significativa mirada a Dante, notando que su expresión se endurecía.

–Sí, es un sitio muy especial –dijo ella, esperando que Dante captara el mensaje–. Trabajé allí durante tres maravillosos años. Aunque antes estudié información y turismo y, al acabar los estudios, trabajé dos años en una pequeña inmobiliaria. Supongo que fue esto último lo que me despertó mi interés en la industria inmobiliaria.

–Ajá, eso lo explica –pronunció Quinn–. En fin,

dado que estás buscando trabajo, si te interesa trabajar en ese campo, dímelo porque tengo algunos contactos, aquí en Auckland, a los que no les vendría nada mal alguien de tu talento.

—Gracias, te lo agradezco.

—No creo que Mackenzi tenga tiempo —interrumpió Dante apartando la mirada de ella para fijarla en Stuart—. Mackenzi va a estar muy ocupada ayudándome en unos proyectos a corto plazo.

¿Sí? Era la primera noticia que tenía de ello. Adrian, por su parte, pareció lanzar un bufido.

Quinn se echó a reír.

—Bueno, supongo que tú tienes preferencia. Y ahora, ¿qué tal si comemos?

Tanto Christine como Stuart demostraron ser unos excelentes anfitriones, el ambiente mucho más relajado que durante la cena del día anterior. Entre la buena comida, el mar y el sol el rato que pasaron allí fue muy agradable. Mackenzi decidió darse un paseo por la playa mientras los demás tomaban café y hablaban de barcos.

El corto vello de sus brazos le indicó instantáneamente que tenía compañía. No necesitó mirarle, prefiriendo la vista del mar, era más segura.

—Vas a tener que esforzarte más si quieres salvar tu precioso Ashton House.

Mackenzi tomó aire, que sabía a sal y a mar... y a él, y también pudo oler el rico aroma del café que él tenía en las manos.

—No he hecho ningún esfuerzo —respondió ella—.

Has sido tú quien ha sacado el tema del hotel al mencionar que yo era la mánager, así que sólo me he limitado a dar una explicación.

Dante no contestó inmediatamente, tardó unos segundos en hacerlo.

–¿Seguro que no quieres un café?

–No me cabe nada más en el estómago –respondió ella, y era la verdad.

–No me habías dicho que habías trabajado en la industria inmobiliaria.

–No recuerdo que lo hayas preguntado –entonces, Mackenzi volvió el rostro hacia él y tuvo que alzar la barbilla a causa de la altura de Dante y de su proximidad–. ¿Y qué es eso de que voy a ayudarte en unos proyectos?

Dante se encogió de hombros.

–No creo que te resulte un problema darme tu opinión si te la pido, ¿no?

Mackenzi sonrió.

–Vaya, vaya. Vas a pedir mi opinión. ¡Qué privilegio!

–No le des demasiada importancia –respondió Dante al tiempo que le agarraba un mechón de cabello y se lo enrollaba en un dedo, atrayéndola hacia sí–. Es sólo una forma de aprovechar al máximo nuestro trato.

Dante le puso un dedo en la nariz y se la acarició. Ella intentó apartarse, pero el mechón de cabello que él tenía alrededor de su dedo se lo impidió.

–¿Qué te pasó en la nariz? –preguntó él.

–Me la rompí jugando al jockey –respondió Mackenzi con embarazo–. Se me quedó algo abultada y algo torcida.

–Me gusta –declaró Dante, sorprendiéndola–. Tiene personalidad, igual que tú.

Se quedaron ahí quietos, de pie, sin tocarse a excepción del cabello que Dante tenía aún enrollado en el dedo. Los labios de él se curvaron en una sonrisa, el deseo enturbió sus ojos. Ella sintió un vuelco en el estómago y calor en el bajo vientre.

Dante estaba coqueteando con ella, seduciéndola sin tocarla, ahí en la playa a la vista de todos. A pesar de lo que sabía de él, a pesar de saber que no debía seguirle el juego, no podía detenerle... por cómo la hacía sentirse.

Era sólo un juego, se dijo a sí misma. No debía perder la cabeza.

Entonces, Dante le clavó los ojos en los labios y Mackenzi se sintió perdida. Iba a besarla y entreabrió los labios, dando su consentimiento en silencio...

–Perdona, Dante.

Dante no movió ni un solo músculo, sus ojos aún en la boca de ella.

–¿Qué quieres, Adrian? –dijo Dante con frialdad.

–Quinn dice que podríamos reunir a nuestros dos equipos esta noche para una cena de trabajo y aprovechar para informarles del cambio de planes.

–Buena idea –respondió Dante sin volver la cabeza.

–Voy a decírselo –Adrian se volvió para marcharse.

Entonces, Dante, soltándole el pelo a ella, sí se volvió.

–Ah, Adrian...

–¿Sí? –dijo Adrian, deteniéndose.

–Reserva una plaza en el primer avión a Melbourne. Quiero que estés en la oficina mañana a primera hora.

–Pero... ¿y el trato con Quinn?

–Yo me encargaré de eso.

–Pero...

–Gracias, Adrian. Eso es todo.

Adrian se marchó entonces, pero no sin antes lanzar una significativa mirada a Mackenzi, indicando con ello que la consideraba responsable de su pérdida de trato preferente.

–Tengo la impresión de que a Adrian no le ha gustado que hayas dicho que voy a ayudarte en algunos proyectos.

–No estoy contento con el trabajo de Adrian últimamente, prefiero que esté en la oficina –respondió Dante–. Entretanto, nosotros dos nos vamos a quedar en Auckland unos días más mientras los arquitectos y los abogados se encargan de los detalles del nuevo proyecto. Mañana vamos a ir a ver el astillero de Quinn; después, examinaremos a sus competidores. Vamos a estar muy ocupados, con

montones de reuniones y cenas de trabajo. ¿Estás
dispuesta a ayudar?

Mackenzi sonrió, el estómago volvía a hormi-
guearle. No sabía si era porque sentía que ese día
su relación había cambiado; a pesar de sus diferen-
cias, creía que podían trabajar juntos.

Y lo mejor era que ya no se quedaría sola en el
hotel esperándole, sino que estaría haciendo algo
con Dante.

Si trabajaban juntos, si ella era capaz de demostrarle que podía prestar servicios en una sala de
reuniones y no sólo en un dormitorio, ¿no le ayu-
daría eso a salvar Ashton House?

–Estoy dispuesta –respondió ella.

Al día siguiente, ya tarde, Mackenzi se sentía
como si la cabeza estuviera a punto de estallarle.
Habían ido a ver el astillero de Quinn y después,
acompañados de éste, habían visitado al menos
doce astilleros más. En esos momentos, Quinn les
estaba llevando en su coche al hotel. En su cabeza
rondaban imágenes y cifras relacionadas con el
mundo náutico.

Pero su educación no había acabado ahí. Al lado
de Dante todo el día, casi no podía creer la rapidez
con que él asimilaba nuevos conceptos y termino-
logía. Cosa que también se había ganado el respeto
y la admiración de Quinn.

No era de extrañar que Dante tuviera tanto éxito

en los negocios, pensó Mackenzi. Era comprensible que estuviera por delante de sus competidores.

Por fin, se despidieron de Quinn a la entrada del hotel y Dante la agarró del brazo. Sus miradas se encontraron un momento y ella captó en la de él un brillo especial, un calor que estremeció su cuerpo de pies a cabeza.

Sin mediar palabra, Mackenzi no tuvo duda alguna de lo que estarían haciendo en cuestión de minutos. Ese hombre tenía un apetito sexual que la dejaba perpleja, un apetito contagioso. Ya podía sentir el calor en su entrepierna y el ritmo acelerado de su pulso.

Dante la condujo hacia los ascensores con paso decidido.

—Ha sido un buen día —dijo Dante mientras entraban en el ascensor.

—Sí, es verdad.

Las puertas del ascensor se cerraron y, al instante, Dante la aprisionó entre la pared del ascensor y su cuerpo y le subió la falda para acariciarle los muslos con frenesí.

—Y va a ser aún mejor —añadió Dante introduciéndole un dedo en su cuerpo—. Sí, muchísimo mejor.

Había cosas mucho peores que ser la amante de un hombre, pensó Mackenzi cuando, por fin, entraron en su suite.

—Voy a preparar un baño —dijo ella, consciente de que Dante querría ver su correo electrónico.

Dante tiró de ella y la besó.

—Gracias por el aperitivo. Iré al baño para el plato principal.

Mackenzi no podía dejar de sonreír mientras cruzaba el cuarto de estar de camino al dormitorio y al baño. Sí, había cosas mucho peores que ser la amante de Dante Carrazzo.

Al llegar a la habitación, se paró en seco. Había ropa por toda la cama y un colgador ahí cerca con trajes de noche, trajes de chaqueta de lino y preciosos vestidos de calle. En el suelo había cajas de zapatos y otras con prendas de lencería.

—¡Dante! —gritó ella—. ¿Qué es todo esto?

Dante se acercó y, por encima del hombro de ella, sonrió.

—Ah, estupendo, ya lo han traído.

—¿Has pedido todo esto tú? ¿Por qué?

—Necesitas más ropa —declaró él simplemente—. Ha sido muy sencillo bajar a la boutique y pedirles unas cuantas cosas.

—Creo que puedo arreglármelas con lo que tengo.

—¿Con lo que tienes dentro de una maleta del tamaño de una caja de zapatos? Hoy te he visto haciendo malabarismos con la poca ropa que tienes para combinarla. Esto soluciona tus problemas. Elije lo que quieras y devuelve el resto a la tienda.

Dante le besó la mejilla e hizo ademán de marcharse, dando por zanjado el asunto.

—No quiero esta ropa —anunció ella—. Para empezar, los precios de la boutique del hotel son exorbitantes.

Dante se volvió hacia ella.

–Nadie ha dicho que vayas a pagar tú.

Mackenzi sacudió la cabeza.

–Me niego a que me compres ropa. Creía que lo había dejado claro.

–Lo que dejaste claro era que no querías que te comprara joyas. Esto no son joyas.

¡Y ella que había pensado que había cosas mucho peores que ser la amante de Dante Carrazzo!

–No quiero joyas, ni ropa, ni nada. No quiero lo que ello conlleva. No soy esa clase de amante.

–¿No? ¿Qué clase de amante eres tú?

Mackenzi tragó saliva, sentía que se le cerraba la garganta.

–Sabes que no habría venido aquí de no ser porque tú me chantajeaste.

Los ojos de él se tornaron fríos y duros, su boca esbozó una maliciosa sonrisa.

–Así que eres mi amante por chantaje, no porque seas una mercenaria, ¿eh? –Dante la miró de arriba abajo–. ¿O te consideras una amante altruista? ¿La mujer que se sacrifica por salvar unos cuantos ladrillos? Sí, supongo que eso es lo que te consideras.

–¿Qué importancia tiene lo que yo pueda considerarme? No accedí a esto por lo que pudiera sacar de ello. Cierto que accedí a acostarme contigo, pero no me pagues por ello. No me conviertas en la prostituta que creías que era cuando me encontraste en tu cama.

La voz se le quebró al pronunciar la última frase y se dio media vuelta para que él no pudiera ver las lágrimas que habían asomado a sus ojos.

Unas fuertes manos le agarraron los hombros y ella no pudo evitar inclinarse hacia el calor que el cuerpo de Dante le daba.

—Yo no pienso eso de ti. No, ya no lo pienso.

—En ese caso, no me compres nada.

Dante lanzó un suspiro y acercó los labios a los oídos de ella.

—Mackenzi, prácticamente formamos un equipo ahora, estamos trabajando juntos... y necesitas ropa. Sabes perfectamente que tengo razón.

—No voy a ponerme una ropa que ha elegido la empleada de una tienda y que tú has pagado.

Dante la hizo darse la vuelta y, esta vez, su sonrisa era auténtica.

—Muy bien. En ese caso, ve a la tienda y elige tú la ropa. Pero, a pesar de que puedas sentirte ofendida, voy a pagarla...

Mackenzi abrió la boca para protestar, pero él la besó en la sien, y fue un beso que le caló hasta los huesos.

—Deja que termine —dijo él—. Voy a pagar por esa ropa como parte del pago por tu tiempo y tus conocimientos mientras me ayudas en este negocio y en los posibles futuros negocios. Un pago que, juntos, negociaremos. ¿De acuerdo?

Mackenzi le miró a los ojos y, casi al instante, se arrepintió de haberlo hecho. Cualquier mujer podía perderse en esos ojos.

–Está bien, hablaremos de ello.

Dante la abrazó y la besó.

–Y ahora, ¿qué hay del baño? Creo que aún tenemos pendientes unas negociaciones...

Capítulo 10

HABÍA sido una semana muy productiva, pensó Dante mientras enviaba unas notas a Adrian por correo electrónico. Después de darle al icono de enviar, se recostó en el respaldo de su asiento y estiró los brazos por encima de la cabeza. Era viernes por la tarde y Mackenzi había ido de compras con Christine; por fin, había reconocido que no tenía ropa suficiente. El nuevo proyecto en asociación con Quinn marchaba muy bien y los encargados de la zonificación parecían contentos. Pero si los días habían ido bien, las noches habían ido mucho mejor.

Estaba sorprendido de la habilidad de Mackenzi para los negocios. Y también estaba sorprendido de su habilidad en la cama.

Sólo de pensar en ello se excitaba.

En ese momento, apareció el aviso de un mensaje electrónico en la pantalla del ordenador. Frunció el ceño al ver que era de Adrian y más aún cuando leyó el título del mensaje: *Fecha de cierre de Ashton House*.

Según el mensaje, una agencia de viajes se había puesto en contacto con el hotel. Tenían planeados unos tours durante tres años consecutivos y querían que uno de los lugares a visitar fuera Ashton House. La agencia de viajes preguntaba si podían hacer ya las reservas.

Dante llevaba días sin que Ashton House se le pasara por la cabeza y ahora, al leer el mensaje, su resentimiento se despertó de nuevo. Nunca le abandonaría.

Quizá hubiera llegado el momento de decidir qué hacer respecto a Ashton House. ¿Por qué estaba retrasando su decisión? Le había dicho a Mackenzi que lo pensaría, ése había sido el trato.

Dante respondió al mensaje escribiendo: *Diles que no*. Lo envió y apagó el ordenador.

Los días siguientes pasaron volando. En vez de un tranquilo fin de semana en Auckland como ella había supuesto después de la ajetreada semana que habían tenido, Dante anunció el sábado que se iban a Wellington esa misma mañana con el fin de examinar unas propiedades a las que había echado el ojo. Por lo tanto, pasaron el fin de semana entre agentes inmobiliarios, paseos por centros comerciales y visitas a edificios de oficinas vacías. En un rato libre, se acercaron al puerto y Dante compró helados para los dos. Se pasearon de la mano por la costa de Oriental Bay, acompañados de paseantes, familias, ciclistas y otras parejas agarradas del brazo.

Dante estaba muy cariñoso, desacostumbradamente parlanchín, haciendo comentarios sobre la típica arquitectura de los edificios de la bahía, sobre su color y su carácter.

Mackenzi nunca había visto tan extrovertido y fácil de tratar a Dante, por lo que se le ocurrió sacar el tema de Ashton House; sin embargo, en ese momento, Dante le dijo que tenía chocolate en los labios y se los limpió con la punta de la lengua. Al instante, algo tierno y frágil cobró vida en ella.

Parecían una pareja normal, una de tantas de las que se estaban paseando por la bahía. El momento fue tan tierno y dulce que ella tuvo miedo de estropear aquella frágil camaradería; por eso, no dijo nada.

Las noches fueron exquisitas. Hicieron el amor apasionadamente y se quedaron dormidos el uno en los brazos del otro.

Y en un abrir y cerrar de ojos, estaban de regreso en Auckland. En el momento que llegaron, Dante la llevó a visitar la isla Waiheke para examinar más propiedades; en esta ocasión, de tipo residencial, aunque las propiedades que Dante le enseñó parecían más palacios que casas normales, con jardines tropicales, canchas de tenis y piscinas.

Después, de vuelta a las interminables reuniones y a las cenas de negocios con arquitectos, banqueros, abogados...

Hasta que lo notó.

Su menstruación llevaba cuatro días de retraso.

Capítulo 11

MACKENZI se quedó mirando la línea azul consciente de que su vida había cambiado para siempre.

Porque no se trataba de un retraso.

Estaba embarazada.

Tanto le temblaban las piernas, que tuvo que agarrarse al lavabo de mármol para sujetarse.

Y quien la había dejado embarazada había sido Dante Carrazzo. No sabía cómo, pero tendría que encontrar la forma de decírselo.

La situación no podía ser peor.

Sin embargo, ahora, lo primero que tenía que hacer era ir a un ginecólogo para asegurarse de que estaba embarazada. No tenía sentido decir nada antes porque... podía haber dado positivo equivocadamente, ¿no? Aunque no lo creía.

Dante la llamó desde el dormitorio para decirle que ya les habían llevado el desayuno. Inmediatamente, su estómago se rebeló contra la idea de comer. ¿O era por oír la voz de él, consciente de lo que la esperaba? Si el médico confirmaba lo peor, sabía que tenía que decírselo a Dante.

Dante estaba sentado a la mesa, leyendo unos papeles, cuando, por fin, después de una rápida ducha, se reunió con él.

—¿Por qué has tardado tanto?

Dante le sirvió un café y, por primera vez en su vida, Mackenzi sintió náuseas al olerlo. Contuvo las náuseas y apartó la taza.

—Dante, tenemos que hablar.

—Lo dices como si fuera una amenaza —comentó Dante en tono de no darle importancia... hasta que la miró—. Dime, ¿qué pasa?

—Se trata de un par de cosas.

—Suéltalo —dijo él con cierta impaciencia.

—Te acuerdas de nuestro trato, ¿verdad? Te acuerdas de que me prometiste reconsiderar tu decisión respecto a Ashton House, ¿no?

Ahora había logrado que Dante le prestara toda su atención, lo veía en la dureza de su mirada y en la tensión de su mandíbula.

—¿Es preciso que discutamos esto ahora? Tenemos una reunión con Quinn dentro de una hora.

—Dante, es importante. No puedo esperar más.

—¿Y qué hay de nuestro trato?

Mackenzi respiró profundamente.

—En principio, tú creías que este arreglo iba a durar una o dos semanas...

—¿Y?

—¡Y ya pasa de dos semanas! He sido tu amante, me he acostado en tu cama. Yo he cumplido con mi parte del trato.

–No te he oído quejarte.

–No me estoy quejando. Es sólo que... que no estoy segura de poder seguir así más tiempo.

–¿Quieres dar por acabado nuestro trato?

–¡No! Lo único que quiero es que me digas cuáles son tus planes. Me prometiste reconsiderar tus planes respecto a Ashton House. Yo he cumplido con mi parte. Dime, ¿has cumplido tú con la tuya?

Dante lanzó chispas por los ojos.

–Sí, lo he pensado.

–¿Y? –preguntó ella con un súbito pánico.

–Mis planes no han cambiado respecto al futuro de Ashton House.

Mackenzi se puso en pie, incapaz de permanecer sentada un segundo más.

–¿Qué? No es posible que hables en serio después de todo lo que ha pasado. ¿En serio vas a cerrar Ashton House?

–Sí.

–No puedes hacer eso. Y menos ahora que...

–La decisión ya está tomada.

–¿Cuándo tomaste esa decisión? No me lo habías dicho. Habías dejado que yo siquiera penando...

–Sorprendentemente, demostraste ser muy útil en los negocios y un muy agradable entretenimiento en las horas libres. ¿Por qué acortar esa relación innecesariamente?

Las palabras de Dante se le clavaron en el corazón como puñales.

–¿Útil en los negocios? ¿Se te ha olvidado que,

gracias a mí, salvaste el negocio con Quinn? Sin mí, no lo habrías conseguido.

–Y, cuando intenté agradecértelo, me tiraste el regalo a la cara.

La cólera se apoderó de ella.

–¿Sabes lo que creo? Lo que creo es que no has recapacitado porque, desde el principio, habías tomado una decisión y nada ni nadie iba a hacerte cambiar de idea.

Dante se levantó.

–Puedes creer lo que quieras. Pero, desde el principio, sabías que corrías ese riesgo. En cualquier caso, este asunto está zanjado. ¿Significa eso que te vas a ir?

Las frías palabras de él la cortaron como un cuchillo.

–¿Cómo voy a quedarme, después de esto?

Una sombra cruzó la mirada de él, algo pasajero e imposible de interpretar.

–Es una pena. En fin, ha estado bien mientras ha durado.

Mackenzi se tragó el nudo que tenía en la garganta.

–Si tú lo dices...

–Le diré a Quinn que le diga a Christine que has tenido que volver rápidamente a Adelaide debido a un imprevisto –Dante le tiró una tarjeta que se sacó de la cartera–. Adrian se encargará de reservarte los vuelos.

Mackenzi rompió en pedazos la tarjeta y tiró los trozos de papel al suelo.

–¡Ni hablar! Soy perfectamente capaz de hacer las reservas de mis vuelos.

Dante se quedó inmóvil, como una estatua; su furia, contenida. Entonces, alzó las manos y se ajustó la corbata.

–Bien, como quieras. Tengo que irme ya. Cuando vuelva, no quiero verte aquí ya.

Mackenzi, sin poder creer lo que había ocurrido, le vio ir al estudio para meter unos papeles en su cartera. ¿Así iba a acabar todo? Dante la había echado. Aunque sabía desde el principio que su relación acabaría así, no había esperado sentir la agonía que sentía en esos momentos.

¿Dónde estaba el tierno Dante, el hombre que la había quitado restos de helado de chocolate con la lengua y que había despertado la esperanza de que todo pudiera acabar de manera distinta? Ahora, en vez de esperanza, lo que sentía era sufrimiento.

Porque no sólo había perdido el hotel, su bebé había perdido a su padre.

Para siempre.

–Creía que habías cambiado –le dijo ella, a sus espaldas, mientras Dante metía papeles en su cartera–. Creía que habías aprendido algo a raíz del negocio con Quinn. Creía que habías aprendido que no tienes que destruir cosas, que es mejor construir.

–Ashton House es diferente.

–¿Por qué?

–¡Porque lo es y basta!

–Por favor, mira lo que vas a hacer. Vas a destruir un edificio maravilloso, vas a dejar a los empleados en la calle... Y otra cosa, ¿cómo crees que se van a sentir los antiguos propietarios, Jonas y Sara Douglas, cuando se enteren de que vas a destruir Ashton House? Ya sufrieron mucho cuando perdieron la propiedad.

Dante se volvió para mirarla, sus ojos puntos negros sin fondo.

—Espero que eso les destruya.

El impacto de esas palabras la dejó de piedra.

—¿Qué te ha pasado? —preguntó ella, dando voz a las preguntas que le pasaban por la mente—. ¿Qué te ha transformado en semejante monstruo?

Los labios de Dante esbozaron una sonrisa que casi la hizo vomitar.

—¿Te parezco un monstruo?

—Al menos, lo que vas a hacer es una monstruosidad. Sobre todo, teniendo en cuenta la vida tan trágica del matrimonio Douglas.

—¿Trágica? Jonas perdió su fortuna con el juego. ¿Qué tiene eso de trágico?

—¿Y quién puede culparle? ¡Perdieron a sus dos hijos! ¿Qué padre sobrevive a eso? Y luego perdieron su fortuna poco a poco. Casi no les queda nada. ¿Y por qué? Dime, ¿qué te han hecho a ti?

Dante se echó a reír sin humor, fue un sonido que dejó helada a Mackenzi.

—Tienen mucho más de lo que me dejaron a mí.

Una horrible premonición la sacudió. Quería preguntar y, al mismo tiempo, tenía miedo de lo que él pudiera decir.

–¿Qué quieres decir con eso de que tienen más de lo que te dejaron a ti? –dijo ella en un susurro.

Dante cerró la cartera.

–Tengo una reunión. Adiós.

–¡Dante, no!

Mackenzi le alcanzó en la puerta y extendió una mano para detenerle. No podía dejarle marchar así. La angustia que había visto en él era real. Sentía demasiado por él para dejarle partir de esa manera.

De repente, se dio cuenta.

Se había enamorado de Dante Carrazzo.

En ese momento, él le apartó la mano, abrió la puerta y desapareció de su vida.

Dante salió del ascensor y, en el vestíbulo del hotel, sintió un amargo sabor de boca. Al salir a la calle, la lluvia le recibió.

Se acercó al conductor del coche, que le estaba esperando, y le dijo que no le iba a necesitar. Del humor que estaba, era un día perfecto para caminar.

¿Por qué Mackenzi le había tenido que preguntar? Nada le había indicado que no estuviera feliz esos últimos días. Últimamente, en vez de una amante, la había sentido como parte de sí mismo. Se había acostumbrado a estar con ella. ¿Por qué había tenido que hacer lo que había hecho?

Al oír a Mackenzi mencionar Ashton House, él no había podido evitar encolerizarse como siempre que oía ese nombre; sin embargo, no se había despertado en él el acostumbrado odio profundo. Había tenido que hacer un esfuerzo por sentirlo.

La lluvia se hizo más copiosa, los transeúntes corrieron a refugiarse de la lluvia y del viento, pero él continuó caminando. Sin importarle nada. Sin sentir nada.

Mackenzi había apretado las clavijas y había puesto el dedo en la única llaga que desataba en él una cólera incontrolable.

En ese caso, ¿por qué se encontraba tan mal? ¿Por qué sentía ese... vacío?

Pensó en el rostro de ella, en cómo había intentado impedirle que se marchara...

La había utilizado. Se había aprovechado de ella.

Y Mackenzi se merecía algo mejor.

Se detuvo en un semáforo, esperando a que la señal se pusiera en verde para los peatones, mientras la lluvia seguía calándole, mientras reflexionaba. Mackenzi no se merecía el modo como él la había tratado. Cierto que, tarde o temprano, habría tenido que decirle por qué no podía cambiar sus planes respecto al hotel, pero no tenía que haberlo hecho de esa manera. No debería haberla hecho daño.

Y sabía que la había hecho daño.

Recordaba muy bien su expresión, el terror que había visto en su rostro.

¡Cielos, qué había hecho!

Dante entró en la suite, se quitó la empapada gabardina y dejó la cartera en el suelo, consciente del rastro de agua que estaba dejando a cada paso que daba.

La encontró en el cuarto de baño, sentada en el borde de la bañera y aún con el albornoz. Tenía el cabello revuelto, se estaba sonando la nariz y mirando algo que tenía en la mano.

Mackenzi, de repente, alzó los ojos, y un peso horrible le oprimió el pecho al ver que ella había estado llorando.

–¡Dante! Has vuelto –Mackenzi frunció el ceño y luego escondió lo que tenía en la mano–. ¿Por qué estás aquí? ¿Qué te ha pasado?

Pero, en esos momentos, Dante estaba más interesado en lo que ella estaba escondiendo que en contestar a su pregunta.

–¿Qué demonios es eso?

Capítulo 12

YO... ESTABA recogiendo mis cosas para meterlas en la maleta –respondió Mackenzi al tiempo que se ponía en pie y escondía lo que fuese debajo del albornoz.

Mackenzi se puso a recoger artículos de tocador que tenía en la encimera y a meterlos en un neceser, pero él agarró una caja y el prospecto que había al lado de la caja. Ella intentó arrebatárselos, pero no tuvo tiempo.

–¿Qué es esto? –dijo él, cuando la descripción del contenido de la caja confirmó sus sospechas–. ¿Para qué demonios lo quieres?

Mackenzi recuperó su espíritu de lucha.

–¿Para qué crees tú que lo quiero?

–Enséñame lo que tienes en la mano.

–¿Por qué? No es asunto tuyo. Ya me has despedido. Por segunda vez.

–¡Enséñamelo!

Con manos temblorosas, Mackenzi le dio el tubo de plástico y él, después de examinarlo, se quedó sin respiración.

–¿Satisfecho?

–Estás embarazada.

Mackenzi, desolada, volvió a sentarse en el borde de la bañera y se cubrió el rostro con las manos.

–¿Quién te ha dejado embarazada?

Ella alzó la cabeza bruscamente.

–¿Quién crees tú que ha sido?

–Tú sabrás. Eres la mujer que encontré en mi cama, esperándome. ¿Cómo puedo saber en cuántas camas te has acostado para conseguir lo que quieres?

Mackenzi le miró fijamente.

–Esa noche no estaba en tu cama esperándote, Dante. Estaba allí porque me quedé trabajando hasta muy tarde y tenía que levantarme temprano. Fue sólo por eso.

Dante sacudió la cabeza, sin dar crédito a las palabras de ella. De ser verdad lo que Mackenzi acababa de decir, habría gritado y habría salido corriendo cuando él se acostó.

–¿Qué me dices de tu amigo Richard?

Mackenzi lanzó una amarga carcajada.

–Eso es historia antigua.

–Pero más probable que sea él a que sea yo. ¿Cuánto hace que te conozco, tres semanas? Esta prueba no dice cuánto tiempo llevas embarazada. ¿Cómo sé que no estás de algunos meses?

Mackenzi se puso en pie.

–El bebé es tuyo, Dante. Un examen lo confirmará. Tú eres el padre, y que Dios se ampare del niño –Mackenzi agarró su neceser, pasó por delante de él, cruzó el dormitorio y fue al cuarto de estar.

Dante se quedó donde estaba mientras asimilaba la idea de haberla dejado embarazada. Por la forma como había hablado Mackenzi, era verdad, y quizá no fuera una mala cosa.

La encontró delante del ventanal del cuarto de estar, aún con el albornoz y el cabello todo revuelto. Pero incluso con los ojos enrojecidos por el llanto y sin maquillaje, era una mujer hermosa.

—Me dijiste que estabas tomando la píldora.

—Y es verdad. Quiero decir que... me salté dos.

—¿Por qué?

Mackenzi arrugó el ceño mientras hacía memoria.

—Esa noche en el hotel... me dejé las píldoras en casa, por lo que me salté una. No me preocupé porque pensé que saltarse una no tenía importancia. Pero luego, al día siguiente, cuando vinimos a Auckland, se me olvidó tomarme la de esa noche también.

—¡No me cuentes cuentos! En el hotel, estabas esperándome en la cama. ¿Y ahora me dices que te olvidaste de tomar dos pastillas seguidas? ¿Cómo se puede ser tan descuidada?

Mackenzi abandonó toda esperanza de hacerle comprender que no había estado esperándole en la cama. En su lugar, hizo un gesto con la mano, señalándole el dormitorio.

—Tan descuidada como tú cuando se te olvidó

ponerte un preservativo. La gente tiene olvidos, Dante, incluso tú.

–Deberías habérmelo dicho antes.

–¿Te habría gustado que te lo dijera? No lo creo.

–Y tampoco ibas a decirme que te habías quedado embarazada, ¿verdad? Ibas a marcharte sin decírmelo.

–Hace apenas un rato me dijiste que me marchara y eso era lo que iba a hacer.

–Pero ya lo sabías, ¿verdad? Sabías que estabas embarazada.

–¡No merecías saberlo!

Dante no contestó, sabía que se había portado muy mal con ella aquella mañana. Pero ella le había ocultado que estaba embarazada, por lo que no era del todo inocente.

–Dime, ¿qué piensas hacer?

Mackenzi se encogió de hombros.

–No lo sé. Ir a casa y buscarme un trabajo.

–¿Cómo vas a poder trabajar?

–Estoy embarazada, Dante, no estoy enferma. Además, es el principio del embarazo. ¿Quién sabe lo que puede pasar?

–¡No voy a consentir que abortes!

–No voy a hacerlo.

–¿Y qué vas a hacer cuando nazca el niño? ¿Cómo vas a arreglártelas con un bebé y un trabajo?

–No lo sé, pero lo haré. Además, si me resultase imposible, siempre podría darlo en adopción.

–¡Nadie va a adoptar a un hijo mío!

–¿Y quién eres tú para decirme lo que tengo que hacer?

–¡No voy a permitir que des en adopción a mi hijo!

–¡Soy yo quien lleva dentro a tu hijo! Y ahora, si me lo permites, tengo que terminar de hacer las maletas... y tú tienes una reunión.

–No vas a ir a ninguna parte –dijo él–. Y mucho menos vas a tomar un vuelo; al menos, hasta que te vea un médico.

–Ni hablar, Dante. Ya estoy harta. Me voy y no puedes detenerme.

Mackenzi fue al dormitorio. Él se dispuso a seguirla, pero en ese momento sonó el teléfono. Sabía que llegaba tarde a la reunión, pero no podía permitir que Mackenzi se marchara y, si él se iba, no se fiaba de que ella se quedara allí, esperándole.

El teléfono dejó de sonar y, cuando Dante llegó a la habitación, encontró a Mackenzi con el auricular al oído.

–Lo siento, Stuart, pero no me encuentro bien y no voy a poder ir a la reunión; sin embargo, Dante estará allí enseguida.

Dante le lanzó una mirada furiosa y le quitó el auricular.

–¡Quinn! Perdona, pero hemos tenido un pequeño problema esta mañana, aunque ya está todo arreglado.

Mackenzi le miró echando chispas por los ojos mientras metía unas prendas en la maleta.

–No, el médico va a venir de un momento a otro. Pero no es eso lo que me ha entretenido esta mañana. ¿Te ha dado Mackenzi la buena nueva?

Mackenzi se detuvo y le miró con horror; de repente, el cuerpo entero le tembló.

Dante le sonrió mientras le decía a Quinn:

–Sí, es estupendo, Mackenzi ha accedido a ser mi esposa.

–¿Por qué demonios le has dicho eso? –le preguntó ella sintiendo que el mundo se le venía abajo.

Dante encogió los hombros.

–Es la solución perfecta. El niño tendrá una madre y un padre y tú no tendrás que trabajar.

–¿No se te olvida un pequeño detalle?

–Me parece que no.

–No has pedido mi opinión. Y si me la pidieras, diría que no. No me voy a casar contigo, Dante. No me casaría contigo aunque fueras el único hombre en la tierra.

Dante enderezó la espalda y ella deseó que no lo hubiera hecho. Los músculos de su duro pecho la cautivaron, haciéndola pensar en los placeres compartidos.

–Me extraña que digas eso, yo creía que habías disfrutado estos días.

–El matrimonio no es sólo una cuestión de disfrute, ¿no te parece? El matrimonio es una cuestión de amor y respeto mutuo.

Dante avanzó hacia ella y Mackenzi contuvo la respiración. Quería que él le dijera que deseaba casarse con ella no sólo por el niño, que le dijera que la amaba.

–No será un matrimonio normal –dijo él, destruyendo sus esperanzas–. Pero, a juzgar por cómo hemos estado juntos, será más que tolerable.

–No. Si me caso contigo, será para sacar algún provecho de ello.

Dante le puso las manos en los hombros y la atrajo hacia sí.

–Sacarás provecho, no lo dudes.

–Es posible. Pero si tú ganas un hijo con este matrimonio, yo quiero algo concreto también.

Dante la apartó de sí ligeramente y la miró a los ojos.

–¿Qué es lo que quieres?

–Que no destruyas Ashton House. Me casaré contigo si conservas Ashton House. De lo contrario, no hay trato.

Dante se echó a reír y se apartó de ella.

–Muy bien, de acuerdo. Te prometo que lo pensaré.

–De ninguna manera –respondió ella–. O Ashton House se queda en pie, o no hay matrimonio.

–¿Y si no accedo?

–Entonces, no sólo no me casaré contigo, sino que haré todo lo que esté en mi mano para que apenas tengas contacto con el niño.

–No podrás impedírmelo. Legalmente, puedo

obligarte a hacerlo –Dante se acercó al armario y sacó una camisa limpia.

–Eso ya lo veremos.

–Dime, a pesar de todos mis defectos, ¿te casarías conmigo si accediera a no derribar Ashton House?

–Sí –respondió Mackenzi.

–Está bien, trato hecho. Pero yo también voy a imponer mis condiciones.

–¿Cuáles son tus condiciones?

–En primer lugar, celebraremos la boda a mi gusto –Mackenzi abrió la boca para protestar, pero él alzó una mano, indicándole que le dejara continuar hablando–. Primero, escucha. Nos casaremos tan pronto como tengamos los papeles, y supongo que eso será dentro de unas cuatro semanas. Y supongo que tú querrás casarte en Ashton House, ¿no?

Ella asintió. Iba a haberlo pedido. Significaría mucho para sus padres y también para ella.

–Muy bien. En ese caso, le diré a Adrian que se encargue de los detalles.

–¿A Adrian? Pero...

–Ésa es otra de mis condiciones. No quiero que te preocupes con los preparativos de la boda. Tú encárgate del vestido que Adrian se encargará de lo demás.

–Creo que a mi madre le gustaría participar –se aventuró a decir Mackenzi–. De lo contrario, esta boda le parecerá más extraña de lo que ya es.

–De acuerdo. Le diré a Adrian que se ponga en contacto con tu madre. ¿Algo más?

Mackenzi parpadeó, sorprendida de la rapidez con la que los acontecimientos se estaban desarrollando, consciente de que estaba muy cerca de alcanzar su meta: salvar Ashton House.

Pero debía reconocer que su entusiasmo se debía a otra cosa también: dentro de cuatro semanas iba a convertirse en la esposa de Dante Carrazzo.

–No, eso es todo.

–Entonces, asunto concluido.

Durante los próximos días cerró el trato con Quinn y, después de ver otra propiedad en Wellington, Dante y Mackenzi regresaron a Melbourne.

Dante la instaló en su mansión Toorak con órdenes de no hacer nada, a excepción de buscar un vestido de novia. Incluso le dio una sorpresa: Dante se había puesto en contacto con su madre y le había comprado un billete de avión para ayudarla a comprar el vestido.

«Me ama», se dijo Mackenzi a sí misma mientras se probaba otro vestido de novia. Dante estaba siendo muy considerado últimamente y un amante consumado en la cama. «Debe de amarme».

Después de que la modista le ajustara el velo, Mackenzi sonrió al mirarse al espejo. El vestido se le ajustaba como un guante, su color crema era el perfecto complemento para su piel y el color de su pelo, y el diseño era sencillo y elegante.

–¿Qué te parece? –le preguntó a su madre.

–Estás preciosa. Sí, éste es el vestido, sin duda alguna.

Mackenzi tampoco tenía dudas de que estaba haciendo lo que tenía que hacer. En lo más profundo de su corazón, sabía que su matrimonio funcionaría.

Estaba convencida.

Capítulo 13

EL DÍA de la boda amaneció neblinoso y húmedo; por la mañana, un chaparrón dejó el aire fresco y limpio, y un cielo despejado que prometía un día primaveral soleado. Era un día perfecto para una boda en un jardín.

Mackenzi, de pie en la terraza de su suite, respiró el aire fresco de Adelaide Hills, absorbiendo la atmósfera de Ashton House. Era estupendo estar en casa de nuevo.

Había pasado la noche sola, siguiendo la tradición; pero miraba hacia el futuro, hacia sus futuras noches con Dante, no como amante sino como esposa.

Se sentía la mujer más afortunada del mundo.

La mañana se pasó en un suspiro entre la peluquera, la mujer que le hizo la manicura, la maquilladora y su madre. Y disfrutó al máximo. Aún estaba en bata, preparándose para ponerse el vestido mientras su madre y las damas de honor se peinaba, cuando llamaron a la puerta. Una de las peluqueras fue a abrir, pero Mackenzi se lo impidió.

–No te preocupes, ya abro yo –dijo ella, ya que estaba más cerca de la puerta–. Deben de ser las flores.

El estómago se le encogió al ver quién era por la mirilla de la puerta.

Adrian con una caja de flores en la mano. No le había visto desde que Dante le envió a Auckland y no quería verle; sin embargo, él había organizado su boda.

Mackenzi abrió la puerta y forzó una sonrisa.

–Tus flores ya han llegado –dijo él.

–Gracias. A propósito, no he tenido la oportunidad de agradecerte lo que has hecho.

–No he hecho más que mi trabajo –respondió él fríamente.

–Bueno, de todos modos, gracias –Mackenzi extendió una mano para tomar la caja; pero Adrian, con un disimulado movimiento, tiró de ella hacia sí, sin dársela.

–Francamente, me quedé muy sorprendido.

–¿Sí? –preguntó Mackenzi mirando la caja de las flores–. ¿Qué es lo que te sorprendió?

–Que aún estuvieras con Dante.

–¿Qué quieres decir?

–Bueno, pensé que te marcharías después de enterarte de que tu causa estaba perdida.

–¿De qué estás hablando?

–Del trato con Dante, del trato que hiciste de acostarte con él a cambio de asegurar el futuro de este establecimiento.

¡Cómo! ¿Adrian conocía su trato original con Dante? Ahora no le sorprendía que la hubiera tratado como si fuera una basura. Sin embargo, no estaba dispuesta a aguantar su impertinencia.

–Eso es ya muy antiguo, Adrian. Ashton House está a salvo.

–¿Eso crees? –su mirada se tornó maliciosa–. Así que todavía no te lo ha dicho, ¿eh?

Un súbito temor se apoderó de ella.

–¿Qué es lo que no me ha dicho?

–Que el hotel se va a cerrar –entonces, Adrian le dio la caja y sonrió maliciosamente–. Bueno, que disfrutes tu boda.

Mackenzi se volvió, se adentró en la habitación y dejó las flores encima de la cama entre las exclamaciones de las presentes. Las dejó allí y fue a llamar por teléfono a recepción. No podía ser verdad.

–¿Natalie? –dijo al reconocer la voz de la recepcionista–. ¿Qué va a pasar con el hotel? ¿He oído el rumor de que va a cerrar?

–Eso es –respondió Natalie–. Creía que sabías que...

¡Dante la había mentido! Mackenzi dejó caer el auricular sin molestarse en comprobar si había colgado.

Inmediatamente, se dirigió hacia su armario; se puso unos vaqueros, una camiseta, la chaqueta y se calzó unos mocasines.

–Mackenzi, ¿qué estás haciendo? –le preguntó su madre–. La boda...

Mackenzi se volvió, casi sin poder ver a nadie a través de las lágrimas.

–Creo que no va a haber boda.

Y tras esas palabras, salió corriendo.

–¿Qué es eso de que se ha marchado? –preguntó Dante con el pánico agarrado al estómago–. ¿Adónde?

–No lo sabemos –respondió la madre de Mackenzi–. Ha salido de aquí corriendo sin decir nada. Ah, y Dante...

–¿Sí?

–También ha dicho que creía que no iba a haber boda.

Dante colgó el teléfono y lanzó un gruñido de frustración. ¿Qué la había pasado para marcharse así? No la había visto disgustada, sino todo lo contrario; de hecho, jamás la había visto más feliz que durante los últimos días antes de la boda. ¿Qué había pasado?

–¿Ocurre algo?

Dante se volvió y vio entrar en la habitación a Adrian.

–Mackenzi, se ha marchado –respondió Dante mientras pulsaba unas teclas en el teléfono.

–¿Que se ha marchado? ¿Quieres decir que ya no se va a casar contigo?

–No lo sé. Al menos, no creo que lo haga hasta que hable con ella –Dante esperó con impaciencia a que le contestaran la llamada–. Vamos, contesta, contesta.

–Quizá sea lo mejor.

–Cállate, Adrian –en ese momento, le contestaron–. ¡Natalie! ¿Has visto a Mackenzi?

–¿No está en su habitación? Me ha llamado desde allí hace un rato.

–¿Qué quería?

–Algo muy extraño. Me ha preguntado si se iba a cerrar el hotel. A mí me ha parecido raro que no supiera...

«¡Oh, Dios mío!».

–¿Y qué le has dicho?

–Nada, porque me ha colgado sin darme tiempo a hablar.

La situación no podía empeorar más. Dante le dio las gracias a Natalie, colgó y, al instante, agarró las llaves de su coche.

–¿Adónde vas? –le preguntó Adrian sirviéndose un whisky.

–A buscarla.

–¿Estás seguro de que vale la pena? Al fin y al cabo, no es más que una cualquiera que ha cambiado sexo por favores.

Dante agarró a Adrian del cuello, lo estampó contra el buró y la copa de whisky cayó al suelo.

–¡Tú no sabes nada de ella! –exclamó Dante, arrepintiéndose de haberle revelado a Adrian su acuerdo secreto.

Y ahora, Mackenzi se había marchado. ¿Coincidencia?

–¿Qué has tenido que ver con la marcha de Mackenzi?

Adrian sacudió la cabeza.

–¿Yo, jefe? Nada. Nada en absoluto.

Dante le miró con desprecio, oliendo su miedo, a sabiendas de que Adrian le mentía.

–¿Cómo demonios se me ocurrió la idea de que fueras mi testigo? –Dante le dio un empujón, tirándolo al sofá–. Cuando vuelva, no quiero verte aquí. No quiero volver a verte nunca.

–Pero jefe...

–¡Nunca!

Al cabo de unos minutos, Dante estaba conduciendo por las colinas de Adelaide, reprochándose a sí mismo haber confiado en Adrian y, sin embargo, había sido éste quien le había hecho darse cuenta de lo mucho que Mackenzi significaba para él. Mackenzi no era una cualquiera, sino una mujer viva y apasionada.

La madre de su hijo.

¡La mujer a la que amaba!

¿Sería demasiado tarde?

Mackenzi estaba arrastrando la maleta por el pasillo cuando lo oyó: el ruido de un motor, las ruedas de un coche deslizándose sobre la grava, el coche deteniéndose a la puerta.

¡Dante!

Dejó la maleta y se acercó al vestíbulo, aunque

no quería verle, no quería oír más mentiras. No quería verle después de lo mucho que la había hecho sufrir.

Porque, por supuesto, sabía el motivo de que Dante estuviera ahí. No era por ella, sino por el niño. Por eso le había propuesto el matrimonio. Y ella, como una tonta, había tratado de convencerse a sí misma de que Dante la quería.

¡Imbécil!

La puerta de la casa se abrió.

−¡Mackenzi!

Mackenzi se puso rígida, sintiéndose como un animal acorralado.

−¡Vete!

−Tienes que escucharme.

−¡No! Ya estoy harta de escucharte. Me has mentido otra vez.

−Mackenzi, por favor.

−Márchate. Quiero que te vayas ahora mismo.

−No voy a marcharme antes de darte una explicación.

Mackenzi se dirigió al cuarto de estar, consciente de que él la seguiría. Misty se los quedó mirando con precaución, su cola moviéndose peligrosamente.

−¡No quiero oír nada! Has roto nuestro trato.

−No lo he roto.

−Sí. Me prometiste que no destruirías Ashton House y te creí. Pero Adrian me ha dicho que vas a cerrar el hotel, que estaba todo decidido.

Dante lanzó una maldición.

–Adrian es un sinvergüenza y un desgraciado. Es un veneno. Y se lo he dicho.

–Ah, ya. ¿Y también te has deshecho de Natalie? Porque ella también me lo ha dicho. No le eches las culpas a Adrian, Dante. Estoy harta. Estoy harta de todo.

Dante suspiró con expresión de cansancio.

–Quería darte una sorpresa –le dijo él en tono suplicante.

–¿Una sorpresa tirando abajo Ashton House?

Dante sacudió la cabeza.

–No voy a cerrar el hotel para tirar abajo el edificio.

Mackenzi, algo más tranquila, ladeó la cabeza.

–¿Pero lo vas a cerrar?

–Sí.

–¿Por qué? Habíamos hecho un trato. Me prometiste salvar Ashton House. ¡Me lo prometiste! Y yo no te importo. Y el bebé tampoco te importa. Lo único que te interesa es acabar con Sara y Jonas Douglas.

Dante se cubrió el rostro con las manos, pero no pudo contener un sonido agonizante que estremeció a Mackenzi e hizo que Misty saliera a toda prisa de la estancia.

–Sí, eso era lo que quería –dijo él con el rostro enrojecido–. Quería hacerles pagar por lo que hicieron.

Mackenzi se estremeció de nuevo, el nudo en la

garganta hizo que sólo le saliera un hilo de voz al preguntar:

–¿Qué hicieron?

Dante sacudió la cabeza, cerró los ojos y se pasó la mano por los cabellos. Entonces, abrió los ojos de nuevo.

–Mackenzi –dijo él con voz suave; de repente, parecía extenuado–, tengo que contarte algo. ¿Vas a escucharme?

Ella se quedó donde estaba, sin saber si quería escucharle, sin saber si no le iba a contar más mentiras.

Dante sonrió y esbozó una triste sonrisa.

–Por favor –insistió él–. Es importante.

Por fin, ella asintió y se sentó en el sofá.

–Yo no llegué a conocer a mis padres –comenzó él–. Mi madre era joven, de descendencia italiana. De mi padre no sé nada, excepto que debía de ser también muy joven. Pero la familia de ella estaba avergonzada de que hubiera tenido un hijo y me llevaron a una familia de acogida.

–Dante... no lo sabía –dijo Mackenzi, sintiendo gran pena por él.

–Cuando tenía dos años, una familia vino a verme –continuó Dante–. Era una pareja profesional y los dos adictos al trabajo, pero tenían un hijo de la misma edad que yo.

–¿Eran Sara y Jonas?

Dante asintió.

–Me llevaron a vivir con ellos.

–Pero eso es imposible. Sara y Jonas tenían sólo dos hijos, Jake y... Danny. Daniel Douglas –susurró ella, temblando–. Jake murió en un accidente de coche y Danny desapareció sin dejar rastro.

Dante la miró con expresión sombría, y ella vio un brillo de dolor en sus ojos.

–Eres Danny, ¿verdad? Sara y Jonas te adoptaron y... ¿es así como les pagas? No lo comprendo.

–¡No me adoptaron! –exclamó Dante poniéndose en pie bruscamente–. ¡Me recogieron! Eligieron un niño de la misma edad que el suyo con el único propósito de darle a su hijo un compañero de juegos, una distracción, un niño que le hiciera compañía mientras Sara y Jonas se ausentaban. Porque, la verdad, es que nunca estaban en casa.

Dante suspiró y continuó:

–Solía preguntarme por qué no se nos permitía dormir en casa de amigos, porque nunca se nos permitía entrar en los equipos deportivos del colegio. A parte de la escuela, estábamos siempre encerrados en la casa. Y yo estaba allí sólo para entretener a Jake.

Mackenzi sacudió la cabeza.

–No es posible, eso es horrible. ¿Cómo es posible que alguien le haga eso a un niño, a dos niños?

–Lo mismo pensaba yo. Sabía que estaban siempre muy ocupados. Y sí, estaban ocupados tratando de ganar cada vez más dinero. Pero ¿quién era yo para quejarme?

–Entonces, ¿qué pasó?

–Ocurrió el día en que Jake cumplió los diecisiete años –dijo Dante–. Su cumpleaños era dos meses antes que el mío y se dio una gran fiesta. Sus padres le regalaron a Jake un Porsche y los dos estábamos deseando ir con el coche por ahí, a probarlo; pero antes teníamos que esperar a que acabara la fiesta.

Dante volvió a suspirar y se pasó la mano por el cabello una vez más.

–Sin embargo, antes de que la fiesta terminara, Sara y Jonas me pidieron que fuera a su despacho porque querían hablar conmigo. Me pareció extraño, pero pensé que quizá quisieran preguntarme qué quería yo por mi cumpleaños o quizá quisieran hablar del viaje al extranjero que Jake y yo teníamos planeado. Jake era mi héroe, le gustaba correr riesgos.

–¿Y tú? ¿Cómo eras tú?

Dante la miró a los ojos, los suyos empañados por la emoción.

–Yo tenía mis sueños. Admiraba lo que Sara y Jonas habían conseguido. Solía escucharles a escondidas por las noches, cuando se suponía que estaba en la cama, hablando de propiedades y de beneficios y esas cosas. Yo quería ir a la universidad, a la que ellos querían convencer a Jake de que fuese, y estudiar economía y ser como ellos.

–Entonces, ¿por qué desapareciste?

–Esa misma noche Sara y Jonas me dieron un cheque por diez mil dólares y me dijeron que no me molestara en despedirme de Jake, porque él ya lo sabía y no le importaba, y que me fuera.

–¿En serio te hicieron eso?

Dante asintió.

–Pero no sin antes decirme que mi nombre verdadero no era Daniel Douglas, como había llegado a creer, sino Dante Carrazzo. Según ellos, me lo dijeron para que supiera de dónde venía, pero yo sé que lo hicieron para dejar claro que no tenía ningún derecho a heredar. Yo ya había cumplido mi propósito y estaba de sobra.

–Y te marchaste.

–Tenía dinero –dijo él–. Tenía el dinero que me habían dado. Y también me dieron un pasaporte que ellos habían solicitado con mi verdadero nombre. Así que me marché esa misma noche y no he vuelto a verles nunca. Pero no me gasté el dinero, como estoy seguro de que ellos pensaban que haría, y no acabé por ahí tirado en un rincón, como ellos debían de esperar. Me fui a Londres, encontré trabajo en una empresa inmobiliaria y, después de ascender y aprender el negocio, me monté mi propio negocio.

–¿Y no fuiste a la universidad?

Dante sonrió a Misty, que había vuelto y merodeaba entre sus piernas.

–No. Pero aprendí mucho más trabajando.

–Y utilizaste tu éxito para vengarte de ellos.

–Así es –contestó Dante sin arrepentimiento–. Llevaba dos años en mi primer trabajo cuando me enteré de que Jake había muerto hacía tres meses, y me enteré por un pequeño artículo en el periódico en el que tenía mis patatas fritas. No podía creerlo. Y Sara y Jonas no me habían dejado despedirme de él. Debería haberlo hecho, sé que Jake jamás habría querido que me fuera.

Dante respiró profundamente y añadió:

—Fue entonces cuando decidí hacerles pagar por lo que habían hecho, por lo que nos habían hecho a Jake y a mí, por los padres que no habían sido para ninguno de nosotros.

—Y decidiste destruirles.

Dante sonrió.

—Me llevó un tiempo. Ellos me llevaban mucha ventaja, pero poco a poco les gané terreno; sobre todo, cuando Jonas se hizo adicto al juego.

Mackenzi no sabía qué decir. Dante volvió a sentarse y Misty saltó encima de él y se acomodó en su regazo. Él empezó a acariciar al animal como si así pudiera aliviar su dolor.

—Es horrible —dijo ella por fin—. No tenía ni idea. Siempre me parecieron muy agradables.

Dante encogió los hombros.

—Quizá lo fueran. Pero nunca deberían haber tenido hijos.

—Así que eso es lo que tienes en contra de Ashton House —susurró ella—. Su última propiedad, la joya de la corona.

Dante lanzó una dura carcajada.

—Sí. Además de ser el lugar en el que Jake celebró su decimoséptimo cumpleaños.

–Oh, Dios mío –dijo ella con horror–. Ahora no me extraña que lo odies tanto y que estés deseando destruirlo.

Dante se encogió de hombros y sonrió de forma extraña.

–Antes, me parecía importante hacerlo. Últimamente ya no me importa tanto.

–Pero has dicho que vas a cerrar el hotel.

–Es verdad –respondió Dante, inclinándose hacia ella y tomándole las manos en las suyas–. Verás, he tenido una idea. Tú no has dejado de decirme que debería construir cosas en vez de destruirlas y sabía que tú querías que conservara el hotel. Pero hay suficientes hoteles en el mundo, ¿no te parece?

Mackenzi sonrió nerviosamente, el repentino entusiasmo de él era contagioso. Pero lo que más sentía era el calor de sus manos.

–¿Qué idea es ésa?

–Quizá te parezca una locura –admitió él–. Adrian, por supuesto, intentó quitármelo de la cabeza. Pero cuando pienso en el pasado, veo que la primera familia de acogida fue la única familia que yo tuve. Me llevaron a su casa y me trataron como a uno de los suyos, y sólo porque yo lo necesitaba. Entonces, cuando me hiciste prometerte que conservaría Ashton House, pensé en transformarlo en un lugar al que las familias puedan ir, me refiero a familias de acogida para que lleven a los niños a respirar aire fresco y a pasar un buen rato.

Dante se la quedó mirando, a la expectativa.

Mackenzi sonrió.

—¿Así que por eso vas a cerrar el hotel, para convertirlo en un lugar de recreo para los niños acogidos con sus familias?

Dante asintió.

—Sí. ¿Te parece mal? Me hiciste prometer no cerrar Ashton House, pero no que tenía que seguir siendo un hotel. ¿Qué te parece la idea?

—Creo que es la idea más maravillosa que he oído en mi vida.

La sonrisa de él se agrandó y sus ojos brillaron de alegría.

—¿En serio?

—Estoy orgullosa de ti —dijo ella abrazándole—. No tenía ni idea de lo que habías pasado. Siento haber creído que habías roto tu promesa.

Dante la estrechó contra sí.

—Tenías motivos para creerlo —entonces, la miró y le sonrió—. Estaba lleno de odio, pero ya no. Me has enseñado que construir es mejor que destruir y jamás podré agradecértelo lo suficiente.

Mackenzi le dedicó una sonrisa radiante antes de morderse los labios.

—Siento haber salido corriendo hoy.

—Yo no lo siento —Dante titubeó unos segundos—. Hasta hoy no me había dado cuenta de lo mucho que significas para mí. Sabía que me gustaba tenerte a mi lado y, además, llevabas a mi hijo dentro; pero hasta hoy, hasta el momento en que he temido que iba a perderte, no me había dado cuenta de lo que significas para mí.

A Mackenzi le dio un vuelco el corazón.

—¿Quieres decir que...?

—Que te quiero, Mackenzi Rose. Casi me muero al pensar que te había perdido. No vuelvas a hacerme eso nunca, ¿de acuerdo?

—Sólo si me prometes no volver a asustarme con una de tus sorpresas, ¿te parece? Si tienes algo bueno que decirme, dímelo inmediatamente.

Dante se echó a reír y la abrazó con fuerza.

—Trato hecho.

—Y ahora que estamos siendo honestos el uno con el otro... —Mackenzi le rodeó el cuello con los brazos y le besó—. Te quiero, Dante Carrazzo. Te quiero y te querré siempre.

—Mmmm. Eso me gusta.

En ese momento se oyó la puerta de la entrada al abrirse seguido de unos pasos en el vestíbulo.

—Ah, eres tú —dijo la señora Gepp al entrar en el cuarto de estar—. Había oído ruido y he venido para ver qué era. ¿No te casabas hoy?

—Sí, me caso... nos casamos hoy —respondió Mackenzi sonriendo.

—Dios mío, hija, será mejor que te pongas en marcha. Y... ¿quién es este hombre? No es el novio, ¿verdad?

Dante se puso en pie y le estrechó la mano.

—Dante Carrazzo, a su servicio.

—Estupendo —dijo la señora Gepp, agarrándole la mano con fuerza y tirando de él para que se agachara un poco y se pusiera a su altura—. En ese caso, es usted la persona con quien necesito hablar. Me preocupa lo mucho que trabaja Mack. Siempre vuelve tarde a casa y, a veces, se queda a dormir en el hotel. No sabe las veces que me llama para decirme que no va a venir a casa a dormir y que si, por favor, puedo darle de comer a Misty. Necesita un hombre en su vida que le diga lo que es realmente importante. Como a mí no me hace caso...

Mackenzi también se puso en pie con una risa nerviosa.

–Gracias por molestarse, señora Gepp. Y tiene usted razón, será mejor que nos pongamos en marcha. Vendrá a la boda, ¿no? Sabe que será bienvenida.

–No con la cadera que tengo –se quejó la mujer frotándose la cadera–. Además, siempre lloro en las bodas. Vamos, marchad ya.

Mackenzi le dio un beso y un abrazo a su vecina.

–Gracias por todo, señora Gepp.

–¡Ah, y otra cosa! –exclamó la mujer mientras Mackenzi y Dante se dirigían hacia el coche–. Siempre he pensado que daba mala suerte que los novios se vieran justo antes de la boda.

Dante miró a Mackenzi y sonrió.

–Esta vez no.

Ya en el coche, recorriendo el camino de grava que daba a la carretera, Dante frenó de repente, paró el vehículo y se volvió hacia ella.

–La señora Gepp ha dicho que con frecuencia te quedabas a dormir en el hotel.

–Sí, si se me hacía muy tarde. No tenía sentido volver a casa a las tantas de la noche; sobre todo, si hacía mal tiempo.

–¿Como la noche que yo llegué?

Mackenzi se llenó los pulmones de aire y lo soltó despacio.

–Sí, exactamente como la noche que tú llegaste.

–No me estabas esperando esa noche, ¿verdad? No estabas esperándome para seducirme. Como ya me dijiste, estabas utilizando una cama que estaba libre... y yo no te creí.

–Me había quedado trabajando hasta tarde, preparando los informes para que tú los vieras al día siguiente. Como los aeropuertos de Melbourne estaban cerrados, pensábamos que no vendrías hasta la mañana del día siguiente –Mackenzi se encogió de hombros–. No pensábamos que vinieras en coche.

Dante le acarició la mejilla.

–Y yo no me molesté en mirar los informes.

Ella tragó saliva y sonrió débilmente.

–Esos informes ya no tienen importancia. Ahora tienes unos planes mejores para Ashton House.

Dante frunció el ceño.

–Te acusé de tenerlo todo preparado para seducirme y me equivoqué. E hice mal en aprovecharme de ti, en suponer que no eras más que una...

–No, por favor –Mackenzi le puso un dedo en los labios–. Ya no tiene importancia. No te aprovechaste de mí, no lo hiciste.

Dante apartó el rostro.

–No te di ninguna opción.

Mackenzi, con la mano, le volvió el rostro, obligándole a mirarla.

–Tenía opciones. Sí, me sorprendió que aparecieras esa noche y me sorprendió que un desconocido se metiera desnudo en mi cama, pero tenía una opción muy clara: podía haber gritado, podía haber salido corriendo de allí.

–Pero no lo hiciste. ¿Por qué?

Mackenzi le miró con toda sinceridad.

–Por mí misma. Porque no quería que parases.

Se hizo un momentáneo silencio dentro del coche.

–¿Por qué me dejaste que te hiciera eso?

Fue el turno de Mackenzi de apartar la mirada.

–Porque nadie me había hecho sentir tan bien como tú, ni despierta ni dormida. No podía decirte que no. Quería sentir más.

–Pero creías que yo era tu antiguo novio.

–Si lo creí, fue sólo porque lo que sentía era completamente diferente a lo que él me hacía sentir. Él siempre me había dicho que era fría como el hielo.

Dante la abrazó.

–Qué idiota.

Mackenzi intentó sonreír.

–Él sabía que yo había sido concebida por inseminación artificial, me dijo que era por eso por lo que no podía sentir nada con él –dijo Mackenzi–.

Me dijo que yo no era una mujer de verdad, sino de fábrica.

Dante la estrechó contra sí.

—¿Y le creíste?

—No sabía qué pensar. Llegué a creer que era frígida... porque nadie me había hecho desear el sexo. Nadie... hasta tú esa noche.

Dante sintió un orgullo indescriptible. Mackenzi era suya, sólo suya.

—Escúchame y créeme, eres la mujer más apasionada que he conocido, y eres toda una mujer.

Mackenzi sonrió.

—Solía soñar que un amante me visitaba por las noches y me decía justo eso.

Dante le alzó la mejilla y clavó los ojos en los labios de ella.

—Ya no necesitas soñar a tu amante.

—No, ahora tengo un amante de verdad.

Llegaron con un retraso de dos horas a la boda, pero a nadie pareció importarle. Mackenzi llevaba la gargantilla de esmeraldas y los pendientes haciendo juego. Se los había dado, como regalo, justo antes de la ceremonia, y ella los había aceptado.

Stuart Quinn había aceptado ser el padrino de Dante y ella no podía dejar de mirarle mientras su padre la acompañaba al altar.

—Me habías dicho que la vista desde aquí era

muy bonita –le susurró Dante tomándola del brazo y mirándola a los ojos–. Pero tú eres la mejor vista que hay. Te amo, Mackenzi.

Mackenzi sintió todo el amor de ese hombre rodeándola y dándole calor.

–Igual que yo a ti, Dante. Por siempre jamás.

Entonces, él bajó la cabeza y la besó. Profundamente. Concienzudamente. Abiertamente.

Se oyeron aplausos, pero la tos del celebrante terminó por fin con el beso.

–Poco convencional –dijo el celebrante, su sonrisa contradiciendo la sacudida de su cabeza–. Bueno, creo que ya podemos empezar.

El celebrante miró a los presentes por encima de su Biblia.

–Estamos aquí reunidos...

Bianca

El matrimonio era la única respuesta... pero sin emociones ni expectativas de amor

Desde que enviudara, el jeque Khalid Bin Shareef había jurado tener aventuras sólo con mujeres experimentadas, que no soñaran con otra cosa. Pero era demasiado duro resistirse a la inocente Maggie Lewis... y la tomó, descubriendo, muy a su pesar, que era virgen.

A la mañana siguiente, ella desapareció y él debió marcharse súbitamente de Australia por la muerte de su hermanastro Faruq. Pero como consideraba a Maggie un asunto inconcluso, hizo que la encontraran y la enviaran a su reino... donde descubrieron las consecuencias de la noche de pasión que pasaron juntos.

Noche de pasión con el jeque

Annie West

Acepte 2 de nuestras mejores novelas de amor GRATIS

¡Y reciba un regalo sorpresa!

Oferta especial de tiempo limitado

Rellene el cupón y envíelo a
Harlequin Reader Service®
3010 Walden Ave.
P.O. Box 1867
Buffalo, N.Y. 14240-1867

¡Sí! Por favor, envíenme 2 novelas de amor de Harlequin (1 Bianca® y 1 Deseo®) gratis, más el regalo sorpresa. Luego remítanme 4 novelas nuevas todos los meses, las cuales recibiré mucho antes de que aparezcan en librerías, y factúrenme al bajo precio de $3,24 cada una, más $0,25 por envío e impuesto de ventas, si corresponde*. Este es el precio total, y es un ahorro de casi el 20% sobre el precio de portada. !Una oferta excelente! Entiendo que el hecho de aceptar estos libros y el regalo no me obliga en forma alguna a la compra de libros adicionales. Y también que puedo devolver cualquier envío y cancelar en cualquier momento. Aún si decido no comprar ningún otro libro de Harlequin, los 2 libros gratis y el regalo sorpresa son míos para siempre.

416 LBN DU7N

Nombre y apellido	(Por favor, letra de molde)

Dirección	Apartamento No.

Ciudad	Estado	Zona postal

Esta oferta se limita a un pedido por hogar y no está disponible para los subscriptores actuales de Deseo® y Bianca®.
*Los términos y precios quedan sujetos a cambios sin aviso previo.
Impuestos de ventas aplican en N.Y.

SPN-03   ©2003 Harlequin Enterprises Limited

El legado del vaquero
Patricia Thayer

Sin quererlo, se encontró con una familia a medida

Luke nunca pensó que pudiera ser vaquero, pero era un Randell y lo llevaba en la sangre. Ahora la tierra lo estaba llamando.

La hermosa Tess Meyers estaba esperando a Luke, dispuesta a luchar por el rancho al que su hija y ella consideraban su hogar. Creía estar preparada… hasta que se encontró con la acerada mirada del magnate convertido en vaquero.

La faceta empresarial de Luke le decía que las desahuciara sin compasión, pero el vaquero que había en él no opinaba lo mismo: madre e hija estaban en su propiedad y él pensaba reclamar lo que era suyo.

Deseo™

Amor en subasta

Emilie Rose

Holly Prescott había rechazado la riqueza, con todas sus ataduras, a cambio de una vida más sencilla. Pero una irreflexiva promesa de "comprar" a un soltero en una subasta benéfica la llevó hasta un hombre inesperado: el exitoso banquero Eric Alden.

Eric se negaba a someterse a la puja más elevada. En su lugar, eligió a Holly, una mujer en la que podía confiar, como pareja. La transacción no podía ser más sencilla: ninguno se comprometería a nada. Sin embargo, la atracción entre ambos era demasiado fuerte para ser ignorada... y demasiado explosiva para poder continuar.

En venta: soltero nº 23

¡YA EN TU PUNTO DE VENTA!